ICH LIEBE MEINE COWBOYS

LACEY DAVIS

VIRTUAL BOOKSELLER

Urheberrecht

❀ Erstellt mit Vellum

Unverheiratet und alleinstehend zu sein, ist gefährlich in der Wildnis von Texas. Lillian Bradleys Familie starb und überließ ihr eine Ranch, auf die ihr zwielichtiger Nachbar ein Auge geworfen hat. Und jemand stiehlt ihr Vieh. Sie braucht einen Beschützer, einen Ehemann, und sie braucht ihn so schnell wie möglich.

Die Texas Rangers Will und Seth suchen einen Revolverhelden. Sie kommen nach Blessing, Texas, gerade als dort ein Banküberfall stattfindet. Nur das der Dieb nicht die temperamentvolle blonde Frau ist, die sie beschuldigen. Schon auf den ersten Blick wissen sie, dass sie ihnen gehört, dass sie sie schätzen, beschützen und lieben werden.

Ist Lillian der Schlüssel, um ihren Verdächtigen zu finden und ist sie die Frau, die ihre Sehnsüchte befriedigen wird? Oder wird eine Familienbindung aus der Vergangenheit das Leben zerstören, das sie sich aufbauen?

ERSTES KAPITEL

Lillian Bradley saß auf einer großen Fuchsstute, blickte auf die sanften Hügel von Texas und zählte das Vieh zum dritten Mal. Jemand stahl ihr Vieh.

Seufzend ließ sie ihren Blick über das Land schweifen, das sie liebte. All diese Wiesen, Rinder, Ziegen, Pferde und sogar ein Haufen Hühner, aber sie waren alles, was sie hatte. Lily war allein.

Das Gelbfieber hatte ihre Familie heimgesucht und hatte alle außer sie selbst getötet. Sie verstand nicht, wie sie überlebt hatte, aber hier war sie mit einer großen Ranch und niemandem, der ihr bei den vielen Aufgaben und der großen Verantwortung half.

An manchen Tagen war es mehr, als ein Mensch allein ertragen konnte, aber sie weigerte sich, aufzugeben.

Staub stieg in der Ferne auf und sie beobachtete, wie ein Reiter auf sie zukam. Als der Fremde näherkam, stieg ein Stöhnen in ihrer Kehle auf. Jim White von der Big W Ranch, ihr Nachbar, kam zu Besuch. Oder wahrscheinlich eher, um ihr ein Angebot zu machen.

Dem Mann gehörte das meiste Land in diesem Teil von Texas und er war bekannt für seine zwielichtigen Geschäfte, Gaunereien und sogar seine Prostituierten.

Sie warf ihre langen blonden Locken zurück und ihre Hand kam auf dem Gewehr zum Liegen, von dem sie sich angewöhnt hatte, es immer an ihrer Seite zu tragen.

Er zügelte sein Pferd, als er neben ihr war. »Guten Morgen, Miss Bradley. Wie geht es Ihnen heute?«

Sie drehte sich um und zog verärgert ihre Stirn kraus. Der Wind blies ihr blondes Haar in ihr Gesicht und sie strich es zurück. »Jemand stiehlt mein Vieh.«

»Es tut mir leid, das zu hören«, sagte er. »Wissen Sie, eine hübsche junge Frau wie Sie sollte sich keine Sorgen um verloren gegangene Rinder machen.«

»Vielleicht nicht, aber das Gelbfieber hat mir keine große Wahl gelassen.«

Ihre Stute wurde unruhig, ihre Hufe scharrten nervös über den Boden, begierig darauf, loszureiten.

»Lassen Sie mich die Ranch abkaufen. Oder noch besser, haben Sie jemals meinen Sohn Matt in Betracht gezogen? Sie beide befinden sich im heiratsfähigen Alter. Wir könnten unser Land zu einer großen Familienranch zusammentun.«

Auf keinen Fall. Sie würde sich eher selbst erschießen, bevor sie seinen hinterhältigen Sohn heiratete.

»Danke, aber ich habe nicht vor, das Land meiner Familie zu verkaufen. Ihr Tod wird nicht umsonst gewesen sein. Was die Heirat mit Ihrem Sohn betrifft, nein danke.«

Sie musste sich zusammennehmen, um nicht laut »Um Himmelswillen Nein!« zu schreien. Nicht Matt White, diesen gemeinen, fluchenden, Tabak spuckenden Jungen, der wusste, dass sein Vater ihn immer aus Schwierigkeiten herausholen würde.

Mr. Whites Gesicht wurde rot und seine Lippen pressten sich

zu einer dünnen Linie zusammen, aber es war ihr egal. »Eine junge Frau sollte keine Ranch leiten.«

»Und das Gelbfieber hätte meine Familie nicht töten sollen.« Sie seufzte und wandte sich ihm zu. »In den letzten sechs Monaten habe ich mich um diese Ranch gekümmert und ich beabsichtige, weiterzumachen. Ich muss einen neuen Helfer finden, da Mr. Garza verschwunden ist.«

Der Mann war wie eine Familie für sie gewesen und sie war so enttäuscht, dass er sie verließ, als sie ihn am meisten brauchte. Fast fünfzehn Jahre lang hatte der Mann auf der Ranch gearbeitet und dann war er eines Tages einfach verschwunden.

»Miss Bradley«, sagte Jim, dessen Stimme jetzt lockend und sanft klang. »Ich könnte Ihnen die Sorgen abnehmen. Sie wären frei, die junge Frau zu sein, nach der Sie sich sehnen.«

Es war wahr, dass sie sich wieder ein sorgenfreies Leben ersehnte. Eines, bei dem sie sich nur darum kümmern musste, ihrer Mutter beim Abendessen oder der Wäsche zu helfen. Wo ihre Großmutter jede Woche einen Kuchen backte. Ihr Großvater und sie angeln gingen, wenn das Wetter es erlaubte. Aber diese Zeiten waren vorbei. Waren ihr durch eine abscheuliche Krankheit gestohlen worden.

»Ich bin so froh, dass Sie vorbeigekommen sind, Mr. White. Wenn Sie etwas darüber wissen, wer mir mein Vieh wegnimmt, sagen Sie demjenigen, dass ich ein guter Schütze mit einem Gewehr bin und ich werde nicht zögern, denjenigen zu töten. Wenn Sie meinen Helfer, Mr. Garza, sehen, sagen Sie ihm, dass ich mit ihm über die Erhöhung seines Gehalts sprechen möchte.«

Oft machte sie sich Sorgen, dass Mr. Garza etwas zugestoßen war. Weil sie nicht daran glaubte, dass er einfach so verschwand, ohne sich zu verabschieden. Zumindest hoffte sie es nicht.

»Werde ich tun, Miss Bradley. Überlegen Sie sich mein Angebot. Ich bin bereit, Ihnen einen hohen Preis für die Ranch zu zahlen.«

Ein hoher Preis – wer es glaubte. Der Mann war ein bekannter Betrüger und wollte ihr nichts für die Sweet B Ranch geben. Im Laufe der Jahre hatte sich ihr Vater oft darüber beschwert, dass Old Jim, wenn die Zeiten schlecht waren, sofort da war, um den notleidenden Viehzüchtern ihr Eigentum für wenig oder nichts zu stehlen.

»Guten Tag, Mr. White.«

Es war ein klares Signal für ihn, sich zurückzuziehen. Sie hatte heute noch einen Termin mit dem Bankier und musste in die Stadt fahren, aber sie würde warten, bis er außer Sichtweite war. Obwohl sie es bezweifelte, konnte sie sich durchaus vorstellen, dass er das Haus anzünden würde, um sie zum Verkauf zu zwingen.

Der Mann war ein Geier der schlimmsten Art. Sie war schwach und gerade jetzt war sie in seinem Visier.

Was sie brauchte, war ein Ehemann. Jemand, der ihr auf der Ranch half. Jemand, der verhinderte, dass Viehdiebe den Zaun durchschnitten und ihre Herde stahlen. Jemand, der das Haus mit Liebe und Lachen füllte. Jemand, der ihr half, ihre eigene Familie zu gründen.

Das große Haus war leer und knarrte und stöhnte nachts. Angst ließ sie auf der Rosshaarcouch schlafen, auf die ihre Mutter so stolz gewesen war.

Auch wenn sie es sechs Monate lang alleine geschafft hatte, war es Zeit für sie, sich einen Bettgefährten zu suchen.

Jemand, der ihr die Dinge beibrachte, die zwischen einem Mann und einer Frau geschahen. Jemanden, der diesen Juckreiz kratzte, von dem sie wusste, dass nur ein Mann ihn lindern konnte. Und sie wollte, dass jemand sie und die Sweet B liebte.

Heute hatte sie ihr schönstes Kleid angezogen. Heute Morgen hatte sie gebadet, ihre Haare mit dem Glätteisen bearbeitet und dafür gesorgt, dass sie so gut wie möglich aussah.

Sie wusste, was sie zu tun hatte. Nachdem sie bei der Bank

gewesen war, plante sie, mit dem Pfarrer über alle geeigneten jungen Männer zu sprechen, die an ihr als Ehefrau interessiert sein könnten.

Es war an der Zeit, auf die Jagd nach einem Ehemann zu gehen. Es war an der Zeit, sich einen Mann zu suchen.

ZWEITES KAPITEL

Seth

Texas Ranger Seth Ingram saß im Sattel und war auf dem Weg, um das letzte Mitglied der Bande zu finden, die seine Familie ermordet hatte. Alle anderen waren im Gefängnis gelandet und gehängt worden. Dieser letzte Mann würde die Reise beenden, auf der er sich seit seiner Jugend befand.

»Weißt du, Seth, sobald wir Calvin Smith gefunden haben, denke ich darüber nach, mir eine Frau zu suchen und mich niederzulassen. Ich weiß, dass wir oft daran gedacht haben, uns eine Frau zu teilen. Aber auf diese Weise könntest du weiterhin als Ranger arbeiten, wenn du wolltest.«

Sein bester Freund, Will Parker, ritt neben ihm. In den letzten fünf Jahren hatten sie Seite an Seite gekämpft und getötet.

Ihre Pferde trabten entlang des Weges, der sie nach Blessing, Texas, führte, wo sich Calvin Smith Gerüchten zufolge versteckt hatte. Das war ihr Leben. Als Texas Rangers wurden sie in verschiedene Gebiete des Staates geschickt, auf der Suche nach Kriminellen, nach Männern, die etwas falsch gemacht hatten. Die schlimmsten Gesetzesbrecher.

»Du bist einfach geil auf eine Frau«, sagte Seth.

»Stimmt. Aber dir steht eine Beförderung bevor. Das ist dein Leben; du wirst nie damit aufhören.«

Solange sich Calvin Smith auf freiem Fuß befand, stimmte das auch. Calvin war der Letzte der Bande und er würde nicht ruhen, bis sie alle hinter Gittern waren oder von einem Ast baumelten. »Ich bin diesen Lebensstils leid. Kriminelle jagen, verhaften und wieder nach Waco schleppen. Es ist Zeit, sich mit einer Frau zwischen meinen Beinen niederzulassen und meinen Schwanz in ihr zu vergraben.«

»Warum gehst du nicht in ein Hurenhaus und suchst dir dort eine? Vielleicht können wir das heute Abend ja tun.«

Es war nicht so, dass Seth sich nicht nach einer warmen Muschi sehnte, in die er seinen Schwanz schieben konnte – allein die Vorstellung machte ihn hart. Aber wenn sie sich eine Frau dauerhaft teilen würden, müsste sie verstehen, dass sie beide ihre Männer waren. Sie würde mit größtem Respekt behandelt, geschätzt, geliebt und gründlich gefickt werden.

Als sie in Blessing einritten, klang Wills Stimme frustriert. »Ich will mehr. Jemanden, von dem ich weiß, dass er immer da sein wird. Wer wird unsere Kinder gebären? Bist du dieses Leben nicht leid?«

»An manchen Tagen schon«, antwortete Seth. Es stimmte. Er wurde des Lebens auf der Straße müde, aber sein Rachedurst verlangte, dass er alle Bandenmitglieder fand, die seine Liebsten abgeschlachtet hatten. Einer blieb noch. Ein letzter Hurensohn, der bald von einem Ast baumeln würde.

Die Stadt schien ein geschäftiges Handelszentrum zu sein, als sie die Main Street hinunter in Richtung des Büros des Sheriffs ritten, um sich dort umzuhören, ob jemand ihren Verbrecher gesehen hatte. Seth wusste, dass er es genießen würde, Calvin Smith windelweich zu prügeln und seinen Arsch zurück ins Gefängnis zu schleppen.

Von der Scheune aus hatte er hilflos zusehen müssen, wie der Mann seinen geliebten Hund erschoss, der versucht hatte, die

Familie zu warnen. Mit sechzehn Jahren war er ein verängstigter Junge gewesen, dem klar war, dass sie sich in der Unterzahl befanden, als die Bande seine Familienmitglieder eines nach dem anderen erschossen. Außer seiner Schwester, die sich in dem Haus versteckte, das sie bis auf die Grundmauern niederbrannten.

Als erwachsener Mann würde es ihm eine große Genugtuung sein, Calvin Smith für das, was er in dieser Nacht getan hatte, vor Gericht zu stellen.

»Schau mal, die Leute schreien und rennen aus der Bank.«

»Banküberfall«, sagte Seth.

Sie spornten ihre Pferde an und galoppierten durch die Stadt. Als sie die Bank erreichten, sprangen sie von ihren Pferden und liefen die Stufen des Gebäudes hinauf. Gerade als sie die Tür erreichten, rannte eine blonde Frau mit einem Beutel voll Geld in der Hand nach draußen.

»Sofort stehen bleiben, Ma'am«, sagte Will und griff nach seiner Waffe.

»Nein«, schrie sie und murmelte etwas, als sie unaufhaltsam die Treppe hinunterrannte.

Seth schüttelte den Kopf. »Verdammt, sie ist hübsch und ich hasse es, das zu tun.«

Er warf sich auf sie, brachte sie zu Boden und drehte sie um. Er ließ sich auch nicht von dem Geräusch ihres reißenden Kleides aufhalten, als er auf ihr saß, ihre Hände packte und sie über ihren Kopf drückte.

»Er entkommt«, rief sie. »Haltet den Flüchtigen auf.«

»Sie stehen wegen Bankraubs unter Arrest«, sagte Will und ging auf sie zu.

»Runter von mir. Ich habe die Bank nicht ausgeraubt.«

»Sie haben das Geld«, antwortete Will.

Seth konnte nicht anders, als den wohlgeformten Körper der Frau unter sich zu spüren und er drückte seinen Schwanz in ihre Mitte. Verdammt, aber sie war eine wunderschöne Frau. Alles, woran er denken konnte, war, dass er sie ficken würde, wenn sie keine Kriminelle wäre.

»Ehrlich. Ich habe den Mann aufgehalten. Deshalb habe ich das Geld«, sagte sie und kämpfte darum, aufzustehen.

Ihre Bewegungen ließen seinen Schwanz nur härter werden. Er blickte zu Will auf. Was nun? Sie waren noch nie zuvor in solch einer Situation gewesen.

Ein Mann im Anzug rannte die Treppe hinunter. »Miss Bradley, geht es Ihnen gut?«

»Holen Sie diese Männer von mir. Sie denken, ich habe die Bank ausgeraubt«, sagte sie und ihre blonden Haare fielen ihr ins Gesicht, während sie sich wehrte und versuchte aufzustehen.

»George Elam, Präsident der Bank von Blessing. Miss Bradley hat den Räuber aufgehalten. Ohne sie wäre unsere Bank jetzt pleite.«

Der Mann griff nach unten und nahm ihr den Sack mit dem Geld aus den Händen. »Ich kann Ihnen nicht genug danken, Miss Bradley.«

»Dank dieser Männer ist Ihr Bankräuber davongekommen«, sagte sie.

Seth erhob sich von ihr und Will half ihr auf.

»Es tut mir leid, Miss, aber Sie müssen verstehen, wie es für uns aussah. Ich bin Texas Ranger Seth Ingram und das ist mein Partner Will Parker.«

Sie starrte die beiden finster an und dann blickte sie auf ihr Kleid herab, das schmutzig war und einen langen Riss an der Taille hatte. Ihre Augen füllten sich mit Tränen.

»Oh nein. Mein schönstes Kleid.«

»Sind Sie verletzt?«, fragte Seth.

»Nein, ich hatte gehofft, heute jemanden kennenzulernen, doch das hat sich wohl erledigt.«

Der Banker streckte die Hand aus und umarmte sie. »Danke, Miss Bradley. Ich muss wieder hinein und alle beruhigen und das Geld wieder in den Safe legen.«

»Mr. Elam, wir sehen uns bald wieder«, sagte sie.

»Augenblick«, sagte Will. »Kann mir einer von Ihnen von diesem Räuber erzählen?«

Der Banker schüttelte den Kopf. »Miss Bradley kann Ihnen am meisten sagen. Sie überraschte ihn und schlug ihn mit ihrer Tasche. Dann schnappte sie sich den Sack mit Bargeld und als die anderen Kunden anfingen, sich auf ihn zu stürzen, flüchtete er aus der Tür.«

»Es ist heiß hier draußen, meine Herren. Ich habe nicht vor, in der Hitze der texanischen Sonne stehen zu bleiben, aber ich habe den Räuber erkannt.«

Zweifel schlichen sich in seinen Kopf. Wenn sie den Räuber kannte, warum rannte sie ihm mit einem Sack voller Bargeld hinterher?

»Gibt es einen Ort, an dem wir etwas trinken können?«, fragte Seth. »Wir möchten Ihnen einige Fragen stellen.«

Nicht nur, um etwas über den Bankräuber herauszufinden, sondern auch, ob sie beteiligt war. Und wenn sie nicht an dem Raubüberfall beteiligt gewesen war, dann wollte er mehr über sie in Erfahrung bringen.

So sehr Seth auch versuchte, den Blick abzuwenden, er konnte nicht anders, als auf ihren zerrissenen Rock zu starren, der ihren Petticoat zeigte. Alles, woran er denken konnte, war, ihr diesen Rock vom Leib zu reißen, um das zu enthüllen, was er gespürt hatte, als er auf ihr saß.

Es kostete ihn einiges an Selbstbeherrschung, ihren Rock nicht einfach hochzuheben und ihr zu zeigen, wie der Schwanz eines Gesetzeshüters ihre Wildheit zähmen konnte. Warum reagierte er so heftig auf sie? Warum hatte er das unbändige Verlangen, sie zu reiten?

Vielleicht lag es an Will, der über seinen Wunsch gesprochen hatte, sich niederzulassen. Doch im Moment wollte er ihr nur zeigen, wie er und Will sie schätzen und sich um sie kümmern würden. Wie sie sie zum Mittelpunkt ihrer Welt machen würden.

»Es gibt ein Café auf der anderen Straßenseite. Wir könnten dort etwas trinken«, sagte sie und staubte mit den Händen ihren Rock ab.

»Lasst uns gehen«, sagte Seth und ergriff ihren Arm. Verlangen durchströmte ihn. Bei der Vorstellung, wie sie an seinem Schwanz saugte, hatte er Mühe, ein Stöhnen zu unterdrücken.

DRITTES KAPITE

Lily

Was für ein Tag. Zuerst Mr. White, und dann, während ich mit Mr. Elam sprach, kam kein Geringerer als Calvin Smith herein und versuchte, die Bank auszurauben. Glaubte er wirklich, dass ein dummer Schal sein Gesicht verbergen würde? Sie würde diese Augen überall erkennen. Sie waren böse. Schlicht und einfach.

Der Mann war dreimal auf die Ranch gekommen, um sie einzuschüchtern, Matt White zu heiraten, der bisher noch nicht einmal bei ihr gewesen war. Sie wollten nicht sie, sie wollten Sweet B. Aber warum raubte Calvin die Bank aus?

Als sie mit dem Bargeld aus der Bank rannte, hatte sie versucht zu sehen, wohin er lief, und nicht, weil sie das Geld mitnehmen wollte. Die Erinnerung an den Mann, der auf ihr saß und seinen Schwanz an ihr rieb, ließ Hitze durch sie strömen. Das Gefühl ähnelt nichts, was sie je empfunden hatte.

Und Will Parker. Der Mann mit den blonden Locken, dessen dunkelbraune Augen sie angestarrt hatten, bis sie erkannten, dass sie nicht diejenige war, die die Bank ausraubte. Beide Männer sahen sehr gut aus, und sie fragte sich unwillkürlich, ob sie verheiratet waren. Sie versuchte, einen Blick auf ihre Hände zu erhaschen, konnte aber keine Eheringe entdecken.

Alle ihre sorgfältig ausgearbeiteten Pläne, heute einen Ehemann zu finden, waren zunichte. Sie sah furchtbar aus.

Seths Hand ruhte auf ihrem Ellbogen und er führte sie ins Café. Sie versuchte mit einem Arm ihren zerrissenen Rock zu verstecken.

Er führte sie zu einem Tisch und sie setzten sich. Sie beobachtete, wie die beiden sich im Raum umsahen und prüfend die Anwesenden musterten. Sie hielt kurz nach Calvin Ausschau, aber der hatte die Stadt wahrscheinlich schon längst verlassen.

Die Kellnerin kam zu ihrem Tisch. »Lily, Schatz, ist alles in Ordnung mit dir?«

»Mir geht es gut«, sagte sie und blickte zu Sarah Jane Wilkerson auf, die das kleine Lokal führte.

»In diesem Jahr ist dir so viel zugestoßen. Und jetzt das. Wir sind alle so dankbar, dass du die Bank gerettet hast«, sagte sie. »Was kann ich dir bringen? Es geht heute auf das Haus.«

»Danke, Sarah Jane«, sagte sie. Obwohl sie viel Geld hatte, tat die Bank ihr Bestes, um an ihrem Geld festzuhalten. Gott sei Dank hatte sie den geheimen Vorrat ihrer Mutter in einem Einmachglas gefunden.

»Und wer sind diese feinen Herren?«

Sie wollte Sarah Jane am liebsten sagen, sie solle in die Küche gehen, aber stattdessen seufzte sie. »Texas Ranger Seth Ingram und Will Parker. Sie kamen gerade rechtzeitig, um zu sehen, wie ich den Räuber aus der Tür jagte.«

»Oooh, willkommen, meine Herren.«

Während sie ihre Bestellung annahm, musterte Lily die beiden Männer. Seth war groß, sie reichte ihm gerade bis zum Kinn. Sein dunkelbraunes Haar war kurz geschnitten, er hatte eine lange schmale Nase, einen ausgeprägten Kiefer und einen Mund, der sie geradezu zum Küssen einzuladen schien. Seine

Lippen waren voll und sie stellte sich vor, wie er sie damit verführen würde.

Wills tiefe Stimme war selbstbewusst, doch seine fesselnden dunklen Augen ließen sie erschaudern. Blonde Locken wirbelten unter seinem Hut hervor und seine Arme sahen stark, bedrohlich und kräftig aus.

Sie senkte den Blick auf ihre Hände und fragte sich, wie es sich anfühlen würde, wenn sie ihren Körper berührten. Beide Männer waren gut aussehend und viril, und sie sehnte sich danach, ihnen zu gehören. Schockiert hielt sie inne. Sie konnte nur einen haben.

Welchen würde sie wählen und würde er einwilligen, sie zu heiraten?

»Erzählen Sie uns von diesem Bankräuber«, sagte Seth und legte seine Hand auf ihre.

Sie leckte ihre Lippen und starrte in diese wunderschönen smaragdgrünen Augen und wollte sich in ihnen verlieren.

»Sein Name ist Calvin Smith. Vor einigen Jahren geriet er auf der County Fair in einen Streit mit meinem Bruder. Ben hätte gewonnen, aber Calvin warf ihm Dreck in die Augen und dann musste ich einschreiten und ihn stoppen, sonst hätte er Ben getötet.«

Sie erinnerte sich daran, als wäre es gestern gewesen und es schmerzte immer noch, daran zu denken, wie Ben unter seinen Händen gelitten hatte.

»Sie scheinen sich ja ständig in Schwierigkeiten zu bringen. Ich kann mir nicht vorstellen, dass ein Mann wie Calvin sich weigert zu kämpfen, weil eine Frau ihm sagt, er solle sich zum Teufel scheren.«

Als er ihren Bruder besinnungslos schlug, war sie vollkommen verängstigt gewesen. So verängstigt, dass sie das Gesetz ihres Vaters gebrochen hatte.

»Hat er auch nicht. Ich musste eine Waffe auf ihn richten. Ich hätte ihn auch erschossen, wenn er nicht aufgehört hätte.«

Die Männer schmunzelten.

»Wo wohnt er?«

»Weiß nicht. Es ist das erste Mal seit zwei Jahren, dass ich ihn sehe. Aber ich werde auf keinen Fall das Gesicht von jemandem vergessen, der mir oder meiner Familie schadet.«

Vor allem von einem Mann, der böse und darauf aus war, sie zu verletzen. Sie befürchtete, dass Calvin früher oder später mutwillig in ihr Haus eindringen würde. Vor allem jetzt, da ihre Hilfskraft Tomas Garza verschwunden war.

Seth ließ einen Finger über ihren Handrücken wandern, und die Berührung jagte ihr einen Schauer über den Rücken. »Glauben Sie, er ist zurückgekommen, um gegen Ihren Bruder zu kämpfen?«

»Nein, mein Bruder ist vor sechs Monaten an Gelbfieber gestorben. Sind Sie beide wirklich Texas Rangers?«

»Ja«, sagte Will. »Und wir befinden uns auf der Suche nach Calvin Smith. Und da Sie ihn erkannt haben, wird er versuchen, Ihnen zu schaden.«

Sie fragte sich insgeheim, ob er auch der Mann war, der ihr Vieh stahl. Es wäre eine Möglichkeit, sich an ihr zu rächen, weil sie sich in seinen Kampf eingemischt hatte. Aber es schien einfach lächerlich, den ganzen Weg nach Blessing zu kommen, nur um sich für einen Kampf zu rächen, der damit endete, dass eine Frau eine Waffe auf ihn richtete.

»Jemand stiehlt mein Vieh. Sie schneiden den Zaun durch und nehmen es einfach mit.«

»Was tut Ihr Vater dagegen?«

Sie leckte sich die Lippen und starrte die beiden Männer an. Sie waren Fremde und doch fühlte sie sich in ihrer Gesellschaft geborgen. Sie fühlte eine Bindung zu ihnen, wie sie sie nie zuvor erlebt hatte. Noch dazu sahen sie so gut aus, und ein Blick von ihnen reichte, um ihr Herz schneller schlagen zu lassen.

In dem Moment kam die Kellnerin und stellte ihre Speisen und Getränke auf den Tisch. »Guten Appetit.«

»Miss Bradley«, sagte Will, beugte sich zu ihr und seine Hand ruhte auf der Rückenlehne ihres Stuhls, als er sich näherte. »Was tut Ihr Vater, um die Viehdiebe zu stoppen?«

Jetzt oder nie. Aus irgendeinem Grund fühlte sie eine Verbindung zu diesen Männern und vielleicht lag sie falsch, aber was konnte es schaden, es zu versuchen.

»Meine Familie – fünf Mitglieder – starb vor sechs Monaten an Gelbfieber. Meine langjährige Hilfskraft auf der Ranch verschwand vor zwei Wochen. Ich bin ganz allein.«

Sie lehnten sich zurück und tauschten einen vielsagenden Blick, bevor Seth sich näher lehnte. »Du lebst allein auf einer Rinderfarm?«

»Ja, sie befindet sich seit zwei Generationen in meiner Familie. Mein Nachbar würde sie mir gerne wegnehmen, aber ich habe mich geweigert zu verkaufen. Ich gehe nirgendwohin.«

Trotzdem bedeutete das nicht, dass sie keine Angst hatte. In manchen Nächten schlief sie kaum und hörte Geräusche, hatte Angst, dass jemand einbrach.

»Und jetzt weiß Calvin Smith, dass du ihn erkannt hast.«

Die Augenbrauen beider Männer zogen sich zusammen und sie runzelten die Stirn. Es war, als könnten sie die Gedanken des anderen lesen.

»Ja. Heute bin ich in die Stadt gekommen, um mit dem Bankier zu sprechen, der mir Papas Konten nicht übergeben will, obwohl ich ein Testament habe, das besagt, dass er alles mir und Ben überlassen hat. Die Bank wurde ausgeraubt, während ich dort war. Danach hatte ich vorgehabt, mit dem Prediger zu sprechen.« Sie hielt inne und atmete tief durch, wissend, dass sie die Worte sagen musste. Vielleicht waren die beiden ja die Antwort auf ihre Gebete.

»Ich brauche einen Mann. Ich brauche einen Ehemann.«

VIERTES KAPITEL

Will

Der Lärm im Café schien im Hintergrund zu verschwinden und ein Summen hallte durch Wills Kopf.

Sie brauchte einen Ehemann.

Er schluckte heftig und sah Seth an, als sich ein Lächeln über das Gesicht des Mannes ausbreitete und er nickte. Sie waren lange genug befreundet und ihm war klar, dass sie beide dasselbe dachten.

Röte stieg in Lilys Wangen und er konnte sehen, dass es ihr peinlich war, ihr Bedürfnis in Worte zu fassen. Was sie nicht wusste, war, dass sie ihre Antwort auf ein unausgesprochenes Gebet war. Will wusste, dass sie die Richtige war.

Lily Bradley war ihre Frau.

Seit er sie bei der Bank das erste Mal gesehen hatte, hatte er darüber nachgedacht, wie er ihr dieses zerrissene Kleid von Leib schälen und jeden Zentimeter ihres nackten Körpers erkunden wollte. Seinen Schwanz bis zu seinen Eiern in ihre süße Muschi versenken.

Aber würde sie zwei Ehemänner in Betracht ziehen? Wie würde sie sich fühlen, wenn zwei Männer sie jede Nacht ficken würden? Wenn sie jeden Morgen aufwachen und gefickt werden, den Tag mit lustvollen Schreien beginnen würde. Jeden Tag mit einem Höhepunkt nach dem anderen beenden.

Mit einem Seufzer blickte sie auf ihren Teller und stocherte in ihrem Essen herum.

Seth gab der Kellnerin ein Zeichen. »Wir möchten bitte zahlen.«

»Sofort«, sagte sie und eilte davon.

»Gibt es einen Ort, an dem wir uns unter vier Augen unterhalten können?«, fragte Seth.

Ein Grinsen breitete sich auf seinem Gesicht aus. Dann konnten er und Seth ihr erklären, wie sich ihr Leben mit ihnen beiden gestalten würde, und wenn sie das wollte, dann würde einer von ihnen sie noch heute heiraten. Und heute Abend würden sie sie beanspruchen und ihr zeigen, dass sie ihnen beiden gehörte.

Und wer auch immer von ihr stahl, würde sich einem kalten Gewehrlauf gegenübersehen, der auf seine Brust gerichtet war. Niemand würde ihrer Frau schaden. Was auch immer auf ihrer Ranch vor sich ging, sie würden sich darum kümmern und sicherstellen, dass jeder wusste, dass niemand Lily, ihrer zukünftigen Frau, etwas antat.

Lily sah verwirrt aus. »Wir könnten in die Kirche gehen.«

Sobald die Rechnung bezahlt war, nahm Will Lily am Ellbogen und führte sie aus dem Café. Auf dem Weg in die Stadt hatten sie darüber gesprochen, sich eine Frau zu suchen, und der liebe Gott hatte sie ihnen gegeben. Jetzt mussten sie Lily davon überzeugen, dass sie ihre Männer waren. Ihre Beschützer, ihre Liebhaber, ihre Ehemänner.

Zwei liebevolle Ehemänner waren besser als einer.

»Warum konnten wir uns nicht im Café unterhalten?«

»Wir brauchen etwas Privatsphäre. Eine Kirche ist nicht das, was ich gewählt hätte, aber sie wird es tun«, sagte Seth.

Sie sah zuerst Seth und dann Will an, als sie zwischen ihnen die Straße entlang ging und sie sie beschützten. Sie war genau dort, wo sie hingehörte.

Der Geruch von Rosen wehte in seine Nase und sein Schwanz wurde hart. Ein kurzer Blick auf ihre Brüste und er musste ein Stöhnen unterdrücken bei dem Gedanken an ihre süßen Kugeln in seinen Händen.

So würde ihr Zusammenleben immer sein. Lily zwischen ihnen, ihre Schwänze tief in ihr vergraben. Wenn sie ja sagte, würde sie bald seinen Namen schreien und ihn bitten, es ihr härter zu besorgen.

Ihre Schritte hallten auf dem hölzernen Weg wider, als sie die Straße hinunter zu dem Holzgebäude gingen, das einen Kirchturm und eine Glocke hatte.

Als sie die Kirche betraten, ließen sie ihre Frau los und nahmen ihre Hüte ab. Ein Mann, der einen Talar trug, begrüßte sie.»Guten Tag.«

»Dürfen wir hier ein paar Augenblicke sitzen und uns unterhalten?«, fragte Seth.

»Natürlich«, sagte er und verschwand. Schweigend sanken sie auf eine Kirchenbank und starrten auf den Altar des heiligen Gebäudes.

Lilys Saphiraugen musterten sie neugierig. Der Duft von Rosen trieb wieder an seine Nase. Er konnte es kaum erwarten, seine Nase in ihrer Muschi zu vergraben und ihre Essenz zu riechen. Sie war, was sie wollten, aber würde sie sie akzeptieren?

»Wir wollen dich heiraten«, sagte Seth.»Schau, wir glauben nicht unbedingt an das Konzept von nur einem Mann und einer Frau. Wir glauben an zwei Männer und eine Frau. Auf diese Weise, wenn mir etwas zustößt, kann Will da sein, um sich um dich und unsere Kinder zu kümmern.«

Ihr Mund fiel auf und sie stotterte.»Aber ich kann euch beide nicht rechtmäßig heiraten.«

»Nein«, sagte Will, der jetzt das Wort übernahm.»Du wirst einen von uns heiraten, aber wir werden beide deine Ehemänner sein. Wir bringen dich beide ins Bett und wir kümmern uns beide um dich. Als unsere Frau werden wir dich beschützen, schätzen und lieben.«

»Alles, worum wir bitten, ist, dass du uns vertraust und uns gehorchst. Wenn du nicht gehorchst, wird es eine Bestrafung geben.«

Sie leckte ihre Lippen, ihre blauen Augen verengten sich, als sie die beiden Männer musterte. »Was für eine Strafe?«

»Wenn du ungehorsam bist, lügst oder uns die kalte Schulter zeigst, werde ich dich über mein Knie legen. Wir sind Männer und verstehen die Gefühle einer Frau nicht immer. Du musst ehrlich zu uns sein«, sagte Seth, hob ihre Hand und küsste ihren Handrücken. Langsam gab er sie wieder frei und Will sah ihm an, dass er sie eigentlich nicht loslassen wollte.

Sie neigte ihren Kopf und blickte zwischen beiden Männern hin und her und lächelte. »Ich wurde seit meiner Kindheit nicht mehr verprügelt.«

Seth sah Will an und er wusste, dass Seth davon ausging, dass sie noch Jungfrau war, eine Unschuldige, die sich mit den Dingen, die zwischen Männern und Frauen geschahen, nicht auskannte. Aber nicht lange. Sein Schwanz war ganz begierig darauf, ihre Antwort zu hören.

»Ich besitze die Sweet B Ranch. Seid ihr bereit, mir mit dem Vieh und den Pferden und allem, was mit dem Betrieb einer Ranch einhergeht, zu helfen?«

»Natürlich«, antwortete Will. »Aber diese Ranch gehört dir und unseren Kindern. Als Texas Rangers haben wir unser eigenes Geld.«

Mit einem Seufzer schüttelte sie langsam den Kopf. »So sehr ich euch beide heiraten möchte. Wie könnt ihr Texas Ranger bleiben, mir auf der Ranch helfen und mich nicht verlassen? Ich bin es so leid, allein zu sein. Niemanden zu haben.«

Will zerriss es fast das Herz vor Mitleid. Er verstand sie und würde sie nie verlassen.

Seth lächelte. »Will wird nicht länger Texas Ranger sein. Er will eine Frau und Kinder und er ist ein harter Arbeiter. Die Ranch wird perfekt für ihn sein. Ich werde bei jeder Gelegenheit, die ich bekomme, nach Hause kommen. Und wenn du unsere Braut bist, wird es mir schwer fallen, dich zu verlassen und zur Arbeit zu gehen.«

Sie lächelte und Will wusste in diesem Moment, dass sie Ja sagen würde. Heute Abend wäre ihre Hochzeitsnacht. Sein Schwanz pulsierte vor Aufregung und er war bereit *Ja, ich will* zu sagen.

Seth nahm ihre Hand. »Lily, wirst du uns heiraten?«

Ein Grinsen breitete sich über ihr Gesicht aus und sie hob beide Hände. »Ja. Ich werde euch heiraten. Aber wen von euch?«

Will griff in seine Tasche und zog eine Münze heraus. »Kopf oder Zahl?«

»Kopf. Jederzeit«, sagte Seth grinsend.

Will warf die Münze und sie fiel auf den Boden. Die Zahl funkelte im Licht, das durch das Fenster strömte. »Du hast mein Wort, dass ich dich niemals betrügen werde. Ich werde unser gemeinsames Leben schätzen und dich ehren.«

»Willst du uns heiraten, Lily, und uns deine Männer sein lassen?«

»Ja«, flüsterte sie und ergriff ihre Hände. »Ich würde euch beide küssen, aber das würde den Pfarrer zornig machen.«

»Vergiss niemals, dass du uns beiden gehörst«, flüsterte Seth. »Will ist dein rechtmäßiger Ehemann, aber du gehörst mir genauso wie ihm.«

»Ich gehöre euch beiden«, sagte sie und sah sie beide an.

Will wurde leicht schwindelig vor Freude und er konnte nur an den heutigen Abend denken. Sie würden ihre Braut beanspruchen. »Lass uns heiraten.«

FÜNFTES KAPITEL

Sonnenlicht fiel glitzernd durch die Fenster, als Lillian vor dem Pfarrer stand und bereit war, die Gelübde zu sagen, die sie für immer an Will und Seth binden würde. Heute Morgen, als sie die Ranch verließ, hatte sie gehofft, einen Ehemann zu finden, aber sie hätte sich nie vorstellen können, gleich zwei so starke und gut aussehende Männer zu finden, die sie heiraten würden. Nicht einen, sondern zwei.

Im Moment verstand sie ihr Leben nicht, aber sie würde lernen und ihr Bestes geben, ihnen eine gute Ehefrau zu sein.

»Ich freue mich für dich, Lily. Nachdem deine Familie gestorben war, fürchtete ich, dass du nie heiraten würdest«, sagte der Pfarrer und lächelte sie an.

»Danke«, sagte sie, und plötzlich wurde ihr bewusst, dass sie nicht mehr allein sein würde.

Der Prediger sah die Männer an. »Texas Rangers. Ehrliche, gute Männer. Ich bin so glücklich, dass du einen guten Mann gefunden hast, Lily. Sagen wir die Gelübde und schicken dich auf den Weg in ein neues, glückliches Leben.«

Für einen Moment erfüllte sie die Angst. Was wusste sie über diese Männer? Sie waren gut aussehend und würden sie beschützen. Sie versprachen, ihr nicht zu schaden. Und sie brauchte sie. Will strich mit den Fingern über ihre Wange und ein Schauer der Vorfreude rieselte wie leichtes Wasserplätschern über ihre Wirbelsäule. Heute Abend würden sie ihr die Jungfräulichkeit nehmen. Heute Abend würden sie sie zu einer Frau machen. Zu ihrer Frau.

»Okay, ich bin bereit.«

Der Pfarrer fing an, die Gelübde zu sprechen, und sie zitterte angesichts der Ungeheuerlichkeit dessen, was sie im Begriff war, zu tun.

Es war ein neuer, anderer Anfang als ihr altes Leben. Einer, von dem sie hoffte, dass er ihr Freude und Glück schenken würde. Wieder eine Familie.

Als sie die Gelübde gesagt hatten, beugte sich Will zu ihr und küsste sie. Es war ein keuscher Kuss und sie konnte es kaum erwarten, einen echten Kuss mit ihm auszutauschen. Auch mit Seth.

Der Prediger lachte und wandte sich dann an Will. »Sobald Sie hier im Buch unterschrieben haben, können Sie loslegen. Ich bin mir sicher, dass Sie darauf erpicht sind, Ihre Braut nach Hause zu bringen.«

Will lächelte den Mann an. Die drei gingen ins Büro und unterschrieben eine Lizenz, in der stand, dass sie legal getraut waren. Sie hatte einen Ehemann. Ein plötzlicher Gedanke ließ sie kichern.

Als sie aus der Tür traten, sah Will sie an. »Was ist denn so lustig.«

»Ich bin verheiratet und habe nicht einen, sondern zwei Ehemänner.«

Er grinste sie an und doch verdunkelten sich seine braunen Augen und glühten so leidenschaftlich, dass ihr der Atem stockte. Nun gehörte sie ihnen.

»Wie weit ist es bis zu deiner Ranch?«, fragte Seth.

»Ungefähr eine Stunde. Wir müssen mein Pferd holen und zusehen, dass wir vor Einbruch der Dunkelheit nach Hause kommen.«

Die beiden Männer schauten sich an.

Vor der Kirche umringten sie sie, nahmen sie zwischen sich, ihre Arme schirmten sie ab.

»Du gehörst jetzt uns. Ich habe dich vielleicht nicht geheiratet, aber diese Gelübde galten auch für mich«, sagte Seth, sein Mund war nur wenige Zentimeter von ihrem entfernt. Da sie nicht wusste, was sie tun sollte, schloss sie ihre Augen, als seine Lippen über ihre strichen. Er biss leicht in ihre Unterlippe und sie öffnete ihren Mund mit einem Keuchen, als seine Zunge hineintauchte.

Ein Stöhnen entwich ihren Lippen und sie lösten sich voneinander.

»Hast du das gehört, Will? Ich habe unsere Braut zum Stöhnen gebracht.«

»So ein süßes Geräusch«, sagte er, als er sie in seinen Armen herumdrehte.

Seine Lippen senkten sich über ihre und seine Hände umfassten ihr Gesicht, als er ihren Mund beanspruchte. Wärme breitete sich in ihr aus und ihre Muschi begann vor Vorfreude zu schmerzen.

Als er sie losließ, taumelte sie und sie hielten sie fest.

»Lass uns nach Hause gehen«, sagte Will. »Unsere Hochzeitsnacht wartet auf uns.«

Ihre Hochzeitsnacht. Jahrelang hatte sie von einer kirchlichen Hochzeit mit ihrer Familie geträumt, aber sie waren nicht da. Mit einem Seufzer sah sie die beiden Männer an und dachte, dass ihr Vater sie gemocht hätte.

Ihre Mutter wäre entsetzt gewesen. Aber sie waren ihre Retter, ihre Beschützer, und jetzt hatte sie jemanden, der ihr half.

Sie nahmen sie jeweils beim Ellbogen und gemeinsam gingen sie die Straße entlang. Sie kamen im Stall an und Will holte ihre Pferde.

Seth half ihr in den Damensattel und bald ritten sie aus der Stadt heraus. Als sie etwa eine Meile entfernt waren, zügelten sie ihre Pferde, brachten sie zum Stehen und hielten an.

»Warum bleiben wir stehen?«

Will kam zu ihr und half ihr vom Pferd.

»Zieh deine Unterhose aus«, sagte Seth.

»Warum?«

»Weil wir dich darum gebeten haben«, sagte Will und starrte sie an.

»Aber wir sind mitten im Nirgendwo. Ich will sie nicht ausziehen.«

»Du bekommst noch eine Chance. Zieh deine Unterhose aus, Lily«, sagte Seth.

Warum um alles in der Welt sollten sie wollen, dass sie ohne Unterhose auf dem Pferd saß?

Plötzlich fiel Will auf die Knie und hob ihren Rock. Er zog ihre Unterhose herunter und sie spürte, wie die heiße Sommerluft ihren Po traf.

»Oh, Seth«, sagte er stöhnend. »Sie hat den schönsten weißen Po.«

Ein Sirren war zu hören, als seine Hand ihren Po traf. »Will?«

Er war auf den Knien, als seine Handfläche auf ihren Po traf.

»Wir haben dir die Chance gegeben, auf uns zu hören, und du hast es nicht getan. Jetzt erhältst du deine erste Tracht Prügel.«

Zisch, klatsch.

Hitze wirbelte durch sie hindurch und sammelte sich zwischen ihren Beinen. Sie streckte ihre Hände aus und ergriff seine Schultern, um sich festzuhalten.

»Stopp, Will.«

Er schlug ihr wieder auf den Po, aber diesmal blieben seine

Finger dort liegen, wirbelten um ihren Po und wanderten zwischen ihre Beine.

Ein Teil von ihr stand in Flammen. Ihr Po brannte und ihre Muschi sehnte sich schmerzhaft nach etwas, das sie nicht verstand.

Wieder ertönte ein Zischen und Klatschen, aber dieses Mal, als er fertig war, wanderten seine Finger weiter. Sie spürte, wie sie in ihre Muschi eindrangen. Schockiert über den Ansturm der Begierde klammerte sie sich an seine Schultern, während er seine Finger in ihr bewegte.

Oh mein Gott, das war nicht das, was sie erwartet hatte.

»Sie ist nass. Ich denke, unsere Braut mag es, verprügelt zu werden.«

»Nein«, jammerte sie und fürchtete, was sie von ihr halten würden.

»Schatz, es ist in Ordnung«, sagte Seth. »Dich zu schlagen bringt uns auch Freude. Jetzt zieh deine Unterhose ganz aus.«

Ihre Unterwäsche hatte sich um ihre Knöchel gewickelt und sie trat sanft aus dem Höschen heraus. Will hob es auf und stopfte es in seine Satteltaschen.

»Keine Unterhosen mehr. Wir möchten, dass du uns jederzeit zur Verfügung stehst.«

»Aber ...«

»Streite nicht mit mir, Lily, sonst bekommst du mehr Schläge.«

Fassungslos ließ sie sich von ihm in dem Sattel helfen.

»Du hast versprochen, mir nicht wehzutun.«

»Und das haben wir auch nicht. Aber du wurdest diszipliniert, weil du nicht gehorchst. Wir werden dich niemals verletzen, aber du musst gehorchen.«

Die Ehe verlief nicht so, wie sie es geplant hatte. Das war nicht das, worum es ihrer Meinung nach ging. Aber andererseits, was wusste sie? Sie war Zeugin der Ehe ihrer Eltern und Großeltern gewesen. Ihre war eine andere Art von Ehe gewesen.

Als sie ihre beiden Männer ansah, machte sich Verlangen in ihr breit. Sie konnte es kaum erwarten, nach Hause zu kommen. Was hatten sie wohl heute Abend mit ihr vor?

SECHSTES KAPITEL

Lily

Als sie auf der Ranch ankamen, nickten die Männer anerkennend, und Stolz erfüllte sie. Das war ihr Zuhause. Das Haus ihrer Familie und wo sie ihre Kinder aufwachsen lassen wollte. Ihre Anerkennung bedeutete ihr die Welt, weil sie wollte, dass dies auch ihr Zuhause wurde.

»Das ist schön. Und du kümmerst dich ganz allein um das Vieh und alles andere?«

»Ja«, sagte sie, als sie die Einfahrt hinauf ritten. Wie immer hielt sie Ausschau nach Mr. Garza, und die Furcht hatte sie fest im Griff.

»Wie lange bereits?«, fragte Seth.

Sie leckte ihre Lippen und wusste, dass die Männer nicht glücklich sein würden, wenn sie ihre Antwort hörten. Aber es durfte keine Lügen zwischen ihnen geben.

»Sechs Monate. Das Gelbfieber hat sie alle umgebracht«, sagte sie traurig. »Ich war allein, bis auf meine Hilfskraft, Mr. Garza, der seit fünfzehn Jahren für die Familie arbeitet. Vor zwei Wochen ist er verschwunden.«

Will runzelte die Stirn. »War er schon einmal so lange weg?«

»Nein, ich fürchte, ihm ist etwas Schlimmes zugestoßen.«

Sie beobachtete, wie ihre Ehemänner einen Blick austauschten. Sie hatte schon gemerkt, dass sie sich nur anblicken mussten, um zu kommunizieren. Eines Tages, so hoffte sie, würde sie die beiden gut genug zu kennen, um dasselbe tun zu können.

»Schau nur, dort drüben. Ein Zaun ist eingestürzt.«

Ein Seufzer entwich ihr, als sie den Kopf schüttelte. »Der Zaun wurde erst letzte Woche repariert. Sie haben mehr Vieh entwendet.«

Die Viehdiebe schienen jede ihrer Bewegungen zu beobachten und wussten, wann sie nicht da war. Es war ihre größte Angst, dass sie noch frecher werden würden, und das war der Hauptgrund, warum sie beschlossen hatte, sich einen Ehemann zu suchen. Und jetzt hatte sie gleich zwei.

»Schätze, wir werden den Zaun morgen früh reparieren. Vorerst werden wir ihn nur so weit herrichten, dass die Kühe nicht weglaufen können. Hast du eine Ahnung, wer dahintersteckt?«

So wollte sie ihre Hochzeitsnacht nicht verbringen. Aber die Ranch hatte immer oberste Priorität.

»Nein, aber mein Nachbar hat mich unter Druck gesetzt, ihm die Ranch zu verkaufen.«

»Morgen werden wir ihm einen kleinen Besuch abstatten und ihn wissen lassen, dass wir jetzt deine Ehemänner sind. Mach dir keine Sorgen, Lily, wir werden dem ein Ende setzen.«

Erleichterung überkam sie, und sie lächelte die Männer an. Wie hatte sie so viel Glück haben können? Heute Morgen hatte sie sich noch in der Bank aufgehalten und plötzlich wurden ihre Gebete erhört.

Als sie vor dem Haus hielten, war Seth sofort zur Stelle, um sie von ihrem Pferd zu heben. Der Ritt nach den Schlägen hatte ihren Po wund gemacht.

»Gott, Frau, ich kann es kaum erwarten, dich zu ficken«,

sagte er, als er sie an sich zog, bevor er sie auf den Boden stellte. »Mach dich bereit.«

Sie schluckte. Die Worte waren grob, aber sie schürten ihr Verlangen.

»Erst die Arbeit«, sagte sie. »Die Pferde müssen hereingebracht und der Zaun repariert werden. Auf gehts.«

Seth legte eine Hand auf ihre Brust, um sie aufzuhalten. »Wir sind deine Ehemänner. Du sagst uns nicht, was wir tun sollen. Wir wissen, was hier zu tun ist. Du gehst ins Haus und machst uns einen Happen zu essen. Wir kümmern uns um den Rest.«

»Aber ...«

»Geh, Lily. Ins Haus«, sagte Will. »Du bist eine Frau, kein Arbeiter auf der Ranch.«

Ein Lächeln legte sich auf ihr Gesicht. Sie musste sich daran gewöhnen, dass die beiden Männer jetzt die Arbeit übernahmen. Für sie gab es genug im Haus zu tun.

Dreißig Minuten später, gerade als sie mit der Zubereitung des Abendessens fertig war, kamen sie durch die Tür. Für einen Moment war sie geschockt, zwei große stämmige Männer im Hauptraum des Hauses stehen zu sehen.

Sie starrte sie nur an und spürte, wie ihr Körper auf ihre Blicke reagierte. Heute Abend würden sie sie im wahrsten Sinne des Wortes zu ihrer machen.

»Geht euch waschen, das Abendessen ist fertig«, sagte sie und stellte es auf den Tisch.

Die beiden gingen an ihr vorbei und seiften ihre Hände ein.

»Hast du eine Badewanne?«, fragte Will.

»Natürlich«, sagte sie.

»Gut. Ich möchte nach dem Abendessen ein Bad nehmen.«

Sie nickte und sie setzten sich alle an den Tisch. Es schockierte sie, als Seth einen Segen aussprach. Damit hatte sie nicht gerechnet, aber es war schön.

Sie aßen in Stille, Spannung lag in der Luft. Als sie fertig waren, lehnten die Männer sich zurück.

»Das war ausgezeichnet, Lily. Danke, dass du für uns gekocht hast.«

War es nicht das, was sie als ihre Frau tun sollte?

»Es war mir eine Freude«, sagte sie und dachte an all die Mahlzeiten, die sie allein zu sich genommen hatte.

»Lass uns über unsere Ehe sprechen«, sagte Will und starrte sie an.

Was meinte er damit? Hatte sie schon wieder etwas falsch gemacht?

»Wo ist das Schlafzimmer?«, fragte Seth.

»Mein Schlafzimmer befindet sich im Obergeschoss und es gibt noch zwei weitere, zwischen denen ihr wählen könnt.«

Will lachte. »Nein, wir schlafen alle zusammen. Die anderen Schlafzimmer werden für unsere Kinder sein.«

Seth nickte und sie schluckte heftig. Sie würde zwischen ihnen schlafen. Der Gedanke war erschreckend und aufregend.

»In der ersten Woche bleibst du nackt im Haus.«

»Was? Nein. Ich muss nach draußen gehen und Eier einsammeln und die Tiere füttern und arbeiten.«

Es herrschte Stille und sie wusste, dass sie wieder einmal ungehorsam gewesen war.

»Wir möchten, dass du uns jederzeit zur Verfügung stehst. In der ersten Woche möchten wir keine Zeit damit vergeuden, deine Kleidung auszuziehen. Wir werden dich nehmen, wann immer wir wollen und wo wir wollen. Wenn du nach draußen gehst, wirst du nackt sein, also schlage ich vor, dass du drinnen bleibst oder du wirst wieder Prügel bekommen«, sagte Will.

Seufzend leckte sie sich die Lippen. Das war nicht das, was sie erwartet hatte. Nichts hatte sie darauf vorbereitet. Hatte sie einen Fehler gemacht? Sie betrachtete die Männer, von denen sie wusste, dass sie ihr gehörten. Und sie gehörte ihnen, und sie konnten mit ihr tun und lassen, was sie wollten.

»Es wird einige Zeit dauern, bis ich mich daran gewöhnt habe, verheiratet zu sein und keine Kontrolle mehr zu haben.«

Sie grinsten sie an.

Seth streckte die Hand aus und nahm ihre Hand. »Wir wollen dir das Leben leicht machen. Du hast uns geheiratet, damit wir uns um die Ranch kümmern, und das werden wir auch tun. Bald werden wir alle ausreiten und du kannst uns die Ranch zeigen. Aber zu deiner Sicherheit wollen wir vorerst, dass du im Haus bleibst.«

Will lehnte sich zurück und schenkte ihr einen dieser dunklen Blicke, die Wellen des Verlangens in ihr auslösten. »Heute Abend beginnen wir mit dem Training und der Vorbereitung.«

»Vorbereitung auf was?«

Seth grinste. »Schatz, wir werden dich in deine Muschi, deinen Mund und sogar in deinen Po ficken.«

Schockiert starrte sie ihn an. »Nein«, sagte sie automatisch.

Der Blick, den er ihr daraufhin zuwarf, sagte ihr, dass sie wieder einmal das Falsche gesagt hatte.

»Das bringt dir heute Abend einen Tracht Prügel ein.«

»Lass dich von uns unterrichten. Lass dir von uns zeigen, wie wir dich in jeder Hinsicht verwöhnen werden. Wenn dich etwas stört, lass uns darüber reden. Aber zuerst musst du bereit sein, es zu versuchen«, sagte Seth zu ihr und seine smaragdgrünen Augen blickten sie beruhigend an.

Das war alles so neu und beängstigend. Irgendwie wusste sie, dass sie heute Abend eine Ausbildung bekommen würde, mit der sie nie gerechnet hätte.

Allein bei dem Gedanken, dass die beiden sie nahmen, breitete sie Nässe zwischen ihren Beinen aus.

Seth

»Wo ist die Badewanne?«, fragte Seth, dessen Schwanz so sehr angeschwollen war, dass er kurz davor stand zu platzen. Die Hochzeit schien schon Stunden her zu sein und er war über den Punkt hinaus, geduldig zu sein. Es war an der Zeit, ihre Braut zu der ihren zu machen.

Aber zuerst wollte er ein Bad. Aber er wollte auch, dass seine süße Frau ihn badete.

»Ich werde das Wasser holen«, sagte sie.

Will legte eine Hand auf ihren Arm. »Wo sind die Eimer? Ich werde das Wasser holen.«

Sie seufzte und nickte. Es würde einige Zeit dauern, sich daran zu gewöhnen, dass sie hier waren, um sich um sie zu kümmern. Sie brauchte nicht mehr alles allein zu tun. Als ihre Frau würde sie mit Würde behandelt werden.

»Der Brunnen befindet sich direkt hinter dem Haus.«

Will grinste und ging aus der Tür.

»Ich helfe dir mit dem Geschirr«, sagte Seth. Es würde nicht lange dauern und während das Wasser heiß wurde, konnten sie die Küche aufräumen. Und dann würde er ein Bad nehmen und seine schöne Braut würde ihn waschen.

Innerhalb weniger Minuten kehrte Will mit den ersten paar Eimern zurück. Lily und er gossen das Wasser in einen großen Topf und hängten ihn über ein Feuer. Dann ging er wieder hinaus, um noch mehr zu holen.

Seth trocknete das Geschirr ab, und als Will mit den letzten beiden Eimern zurückkehrte, wandte sich Seth an Lily.

»Wann immer wir im Schlafzimmer sind oder wann immer wir es dir sagen, sollst du deine Kleidung ausziehen. Zieh sie aus, süße Lily.«

Fassungslos starrte sie ihn an und dann begann sie langsam, ihr Kleid aufzuknöpfen. Der Rock war zerrissen und er wusste nicht, ob sie ihn reparieren konnte, und ehrlich gesagt, war es ihm egal. Er musste sich zurückhalten, um ihr nicht einfach die Kleidung von ihrem Körper zu reißen.

Sein Schwanz war steinhart und pochte und er konnte es kaum erwarten, ihr Fleisch zu sehen. An diesen süßen Kugeln zu saugen und ihre Brustwarzen zu zwirbeln.

Das Kleid fiel auf den Boden und sie stand in einem weißen Petticoat vor ihnen, ihr Korsett hob ihre Brüste und sie quollen über die Seide. Ihre Frau war gut ausgestattet. Und allein der Gedanke, ihre Brustwarzen zu lecken, brachte ihn zum Stöhnen.

Will drehte sie um und begann, das Korsett zu öffnen. »Dieses Ding kann verbrannt werden. Trage das nie wieder.«

»Aber es passt gut zu meinen Kleidern.«

Sein Partner warf ihr einen strengen Blick zu. »Ich will dich nie wieder in einem Korsett sehen.«

Damit entfernte er das Kleidungsstück und warf es auf den Boden. Sie trat aus ihrem Petticoat und stand nur in ihrer Unterwäsche vor ihnen, die ihre steifen Brustwarzen und das dunkle Haar zwischen ihren Beinen zeigte.

Morgen würde das verschwinden.

Will goss das Wasser in die Wanne und Seth begann, sein Hemd auszuziehen.

»Worauf wartest du noch? Zieh dich ganz aus.«

Widerwillig zog sie die Unterwäsche über ihren Kopf, als Seth nach seiner Gürtelschnalle griff.

Der Anblick ihrer festen Brüste, ihrer schmalen Taille und ihrer Beine, von denen er es kaum erwarten konnte, sie um seine Hüfte liegen zu haben, wenn er seinen Schwanz in sie trieb, ließ ihn vor Verlangen gequält stöhnen.

Schnell zog er seine Stiefel aus und dann seine Hose und die Unterhose. Als er sich umdrehte, starrte sie auf seinen Schwanz, der hart war vor Verlangen war und wie ein Schwert vor ihm stand.

Er starrte sie an und streichelte den Kopf seines Schwanzes. »Alles für dich, Schatz. Ich kann es kaum erwarten, deine Muschi um meinen Schaft zu spüren.«

Während Will seine Kleider abwarf, trat er in die Wanne.

»Lily, Schatz, komm her.«

Sie ging hinüber zur Wanne, die Augen groß, die Lippen geöffnet, als hätte sie Angst. »Würdest du mir einen Waschlappen, ein Handtuch und etwas Seife bringen?«

Wie ein verängstigtes Kaninchen eilte sie zu einem Schrank, nahm einige Dinge heraus und kehrte zurück. »Vielen Dank. Jetzt wasche mich.«

Sie atmete tief durch, griff in die Wanne und seifte den Waschlappen ein. Schüchtern fuhr sie damit über Seths Hals, Schultern und seinen Körper und schrubbte ihn.

Will griff um sie herum und spielte mit ihren Brustwarzen, und sie schnappte nach Luft. Für einen Moment verweilte ihre Hand.

»Ignoriere mich einfach und wasche Seth weiter«, flüsterte er, während er sich über sie beugte und sein steinharter Schwanz zwischen ihre Beine glitt.

»Du bist unsere Frau. Und heute Abend werden wir dir zeigen, wie es ist, mit einem Mann zusammen zu sein.«

Sie wimmerte, als seine Finger ihre Muschi fanden und er begann, ihre Klitoris zu streicheln. In gewisser Weise wünschte er, er wäre derjenige, der damit beschäftigt wäre, ihr Vergnügen zu bereiten, aber er genoss auch sein Bad. Der Blick auf den nackten Körper seiner süßen Frau fachte sein Verlangen nach ihr an.

Während er starrte, wusch sie alles außer seinem Schwanz.

»Wasch ihn, Schatz. Er wird nicht beißen und es wird dir Freude bereiten.«

Schüchtern streckte sie die Hand aus und ließ den Lappen vorsichtig über seinen Schwanz wandern, aber dann streiften ihre Finger ihn versehentlich und sie hielt inne. Sie wiederholte die Bewegung und ließ ihre Finger über seine Spitze gleiten und er dachte, er würde genau dort in der Wanne sterben.

Seth packte ihr Handgelenk. »Schatz, ich liebe es, wenn du mich dort berührst, aber im Moment bin ich kurz davor zu explodieren und das erste Mal, wenn ich komme, möchte ich in dir sein.«

Ihre Saphiraugen wurden größer und sie schluckte nervös. Angst erfüllte ihren Blick und er wollte nicht, dass sie Angst hatte. Er wollte, dass sie genauso aufgeregt war wie sie beide. Sie müssten daran arbeiten, ihr zu zeigen, dass sie verwöhnt werden würde.

Seth stand da, das Wasser tropfte von seinem Körper und sein Schwanz befand sich direkt auf Augenhöhe. »Wo ist das Handtuch? Ich glaube, Will möchte auch ein Bad nehmen.«

Oh, wie sehr wollte er seinen Schwanz in ihren süßen Mund schieben und das Gefühl erleben, wenn sie an ihm saugte. Aber das müsste warten. Noch war sie so nervös wie ein Kätzchen, und er wollte, dass der heutige Abend für sie eine positive Erfahrung wurde.

Sie reichte ihm das Handtuch und er trat aus der Kupferwanne, wobei sein Schwanz, der immer noch steinhart war, vor ihm wippte.

Will trat in die Wanne und deutete ihr nickend, auch ihn zu waschen. Sie kniete sich hin und nahm den Lappen und wusch ihn. Seth trocknete sich ab, aber beim Anblick ihres runden Pos konnte er nicht widerstehen. Er legte seine Finger auf ihre Klitoris und streichelte sie.

Sie stöhnte und drückte sich gegen seine Hand, als würde sie nach etwas suchen, nach seinem Schwanz suchen. Oh, wie es ihn verlangte, seinen Schwanz in ihre Muschi zu stoßen. Aber so wollten sie sie das erste Mal nicht nehmen. Dies war nur ein Vorspiel und bald würde sie sie anflehen, sie zu nehmen.

Dies war das erste Mal für ihre Braut und er wollte, dass diese Erfahrung ihre Welt aus den Angeln hob.

Will erhob sich plötzlich aus der Wanne. Sie reichte ihm ein Handtuch. Immer noch auf ihren Händen und Knien schaute sie zu ihm auf.

Seth half ihr auf die Beine.

Will leckte sich die Lippen. »Es ist Zeit, dich zu unserer zu machen.«

»Es ist Zeit für uns, dich zu ficken«, sagte Seth, zog sie in seine Arme und zog ihren nackten Körper fest an sich.

ACHTES KAPITEL

Lily

Als sie nackt die Treppe hinaufging, fühlte sie sich, als würde sie vor ein Erschießungskommando treten. Verängstigt von dem, was passieren würde, und beschämt darüber, wie nackt sie war. Als sie ihr Schlafzimmer betraten, schauten sich die Männer um.

»Schatz, morgen werden wir durch das Haus gehen und sehen, ob du ein Bett und ein Zimmer hast, das groß genug für uns drei ist.«

»Das war mein Kinderzimmer. Das Zimmer meiner Eltern ist den Flur runter, aber ich habe nichts daran verändert. Das Schlafzimmer meiner Großeltern ist unten.«

Die beiden Männer sahen sich an. »Darüber werden wir morgen sprechen. Das wird für heute Abend reichen.«

Sie hatte nicht daran gedacht, wie ein Ehemann ihr Schlafzimmer wahrnehmen würde. Dieser Raum fühlte sich für sie vertraut an. Aber sie wusste, dass sie recht hatten. Sie brauchten ein größeres Zimmer und ein größeres Bett.

Will trat dicht hinter ihr ein und Seth trat vor sie und der Geruch ihrer sauberen Körper, ein überaus männlicher Duft, stieg ihr in die Nase. Schluckend blickte sie in Seths Gesicht.

»Ich glaube nicht, dass ich das schaffen kann. Was ist, wenn ich mich zurückziehen möchte? Das ist ein Fehler. Ich kenne euch doch gar nicht. Ich bin noch nicht bereit –«

Sein Mund senkte sich auf ihren und brachte sie effektiv zum Schweigen. Als sich seine Lippen über ihren Mund bewegten, küsste Will ihren Nacken, ihren Rücken und seine Zunge wanderte über ihre Wirbelsäule und jagte köstliche Schauer durch ihren Körper.

Unter Seths Kuss wurden ihre Knie weich und sie klammerte sich an ihn, während seine Lippen ihre verzehrten, seine Zunge über die Innenseite ihres Mundes glitt, als Feuer durch sie raste und sie mehr wollte.

Als sie völlig schlaff war, brach er den Kuss ab, doch sie wollte nicht, dass er aufhörte. Eine zunehmende Hitze loderte zwischen ihren Beinen, als sie in seine smaragdgrünen Augen starrte und sie das Gefühl überkam, als würde sie die Kontrolle verlieren.

»Wenn du willst, dass ich aufhöre, kannst du es mir jederzeit sagen. Als deine Ehemänner möchten wir, dass du uns so sehr willst, wie wir dich und es genauso wenig erwarten kannst, dass wir in dich eindringen. Wenn du uns nicht anflehst, dich zu nehmen, dann haben wir unseren Job nicht richtig gemacht.«

Verwirrung wirbelte durch ihr Gehirn. Sie wollten, dass sie sie anflehte, sie zu nehmen? Das würde nicht passieren.

Seine Lippen bedeckten wieder ihre und Will setzte seinen Angriff auf ihre Sinne fort, während seine Zunge von oben nach unten über ihre Wirbelsäule wanderte und schließlich ihre Pofalte erreichte. Dann zog er ihr Gesäß auseinander und blies auf diese intimste aller Stellen und schickte einen wirbelnden Tornado von Empfindungen durch sie, der sich in ihrer Muschi sammelte.

»Will«, keuchte sie und brach den Kuss mit Seth ab.

Wie ein Lamm, das zur Schlachtbank geführt wird, wurde sie mit Seth an der Spitze und Will an ihren Füßen auf das Bett gelegt. Was taten sie da?

Dann fühlte sie, wie er ihre Beine spreizte und ihre intimsten Stellen betrachtete.

»Oh, Seth, sie hat die süßeste kleine Muschi. Und ich werde sie kosten.«

Schockiert hielt sie still, als er ihre inneren Schamlippen teilte und seinen Mund auf ihre Mitte legte und sie küsste. Schockwellen des Verlangens pulsierten durch sie hindurch.

»Kämpfe nicht dagegen an, Lily. Wir werden dich in jeder Hinsicht kosten. Und wenn wir es richtig machen, wirst du vor Lust schreien.«

Ein Wimmern entwich ihr, als Seth seinen Mund auf ihre Brustwarzen legte, sie in seinen Mund saugte und an den harten Knospen knabberte. Ein Druck baute sich in ihr auf und sie verstand nicht, was passierte.

Und doch fühlte sie sich dekadent, als sie ihre Beine noch etwas mehr spreizte, was Will noch mehr Zugang verschaffte, damit er die Lust, die er ihr bereitete, noch steigern konnte. So hatte sie sich ihre Hochzeitsnacht nicht vorgestellt. Das war nicht das, was sie erwartet hatte. Es war besser.

Als Wills Zunge weiter an ihrer Klitoris leckte, spürte sie, wie sein Finger an ihren Hintereingang stieß.

»Nein«, jammerte sie, als sie nach Luft schnappte.

Patsch! Seine Hand fand ihre Muschi und er schlug sie so fest, dass alle möglichen widersprüchlichen Gefühle durch ihren Körper jagten. Sie krallte sich an das Bettlaken. Was war passiert?

Patsch!

»Wir sind deine Männer. Du sagst uns nicht, was wir tun sollen. Mit der Zeit wirst du mehr erleben als meinen Finger in deinem Hintern.«

Seine Finger spielten mit ihrer Klitoris und sie konnte spüren, wie die Hitze in ihr Zentrum rauschte und ihre Säfte ihn benetzten.

»Ich denke, sie mag es, wenn ihre Muschi geschlagen wird«, sagte Will.

»Mach es noch einmal«, sagte Seth und blickte von ihren Brüsten auf.

Patsch!

Plötzlich schien die Welt um sie herum zu explodieren und sie verkrampfte sich um Wills Finger, als er ihn in sie hineinschob und ihr lustvoller Schrei hallte im Raum wider.

»Genau so, Schatz«, sagte Seth. »Komm für uns.«

Langsam schien sich die Welt wieder auszubalancieren und sie schnappte nach Luft, als Will sich erhob und sich neben ihr auf das Bett legte. Wieder einmal war sie zwischen ihren Männern eingeklemmt und sie mochte das Gefühl ihrer großen harten Körper, die ihren umgaben.

»Hat es dir gefallen, als ich deine Muschi geschlagen habe?«, fragte Will.

Was sollte sie sagen? Es schien so unnatürlich, als sein Finger ihren Arsch neckte, und doch, als er dann ihre Muschi schlug, hatte sie ein Hitzerausch verzehrt. Würden sie sie für ein Flittchen halten? War sie eines?

»Antworte Will, Lily. Wir sind deine Ehemänner und du musst ehrlich zu uns sein.«

Mit einem Seufzer sagte sie leise: »Ja. Ist das schlimm?«

Sie zogen sie in eine Umarmung zwischen sich.

»Überhaupt nicht. Wir freuen uns, dich kommen zu sehen. Was auch immer dir gefällt, ist zwischen uns dreien nicht falsch. Jetzt ist es Zeit für mich, dir deine Jungfräulichkeit zu nehmen. Sei darauf vorbereitet, dass es ein wenig weh tut, aber wenn es einmal vorüber ist, wird es nie wieder wehtun.«

Warum klang das so beängstigend? Und doch war sie auch fasziniert, war neugierig darauf, was die beiden ihr heute Abend noch zeigen würden.

Seth rollte sich auf seinen Rücken und dann hob Will sie hoch und platzierte den Eingang ihrer Muschi direkt vor seinem Schwanz. Sie warf einen Blick auf seine Größe und Angst überkam sie.

»Er ist zu groß. Er wird dort nie hineinpassen.«

Seth hob sich nur ein wenig, küsste sie wieder auf die Lippen, knabberte an ihrer Unterlippe und sofort stieg die Hitze erneut in ihr auf.

»Schatz, ich werde deine Muschi vor Lust singen lassen«, sagte Seth mit einem Grinsen, als er den Kuss brach.

Mit Wills Hilfe sank sie ein wenig tiefer auf seinen Schwanz und dann fühlte sie, wie er sie dehnte und füllte. Für einen Moment wagte sie es nicht, sich zu bewegen, aber dann stieß er leicht zu und sie fühlte, wie die Membran dem Druck nachgab. Ein Keuchen entwich ihr, als sie ganz auf seinen Schwanz glitt und dann auf seinem Bauch saß.

»Jetzt gehörst du zu uns. Vergiss nie, dass du unsere Frau bist. Reite meinen Schwanz.«

War es das, was die Menschen seit Anbeginn der Zeit getan hatten? Die ersten paar Momente waren peinlich, als sie sich erhob und sein Schwanz aus ihr herausglitt, aber dann spürte sie die Reibung zwischen ihnen und sie stöhnte, als sie fühlte, wie sich ihre Muschi um seinen Schwanz zusammenzog. Sie stöhnte vor Verlangen und ihr Atem war schnell und flach.

Seine Hände waren auf ihren Brüsten und er massierte sie und kniff in ihre Brustwarzen, während Hitze ihren Körper überflutete. Mit einem Stöhnen schloss sie die Augen und ließ ihren Kopf in den Nacken fallen.

»Öffne deine Augen, Lily. Ich möchte die Leidenschaft in deinem Blick sehen. Ich möchte dich ansehen, wenn du kommst.«

Wieder öffnete sie ihre Augen, ihre Atmung ging stoßweise und dann fühlte sie, wie Will seinen Finger an ihrem Hintereingang rieb, ihn dann in ihren Hintern schob und ihn in ihr bewegte. Wie konnte sich etwas so Verdorbenes so gut anfühlen? Sie hätte sich nie träumen lassen, dass der Finger eines Mannes ihr so viel Freude bereiten könnte.

»Komm nicht«, sagte Seth.

Wie sollte sie den Ansturm der Hitze stoppen, der sie erfüllte, sie überflutete und sie dazu brachte, sich verzweifelt nach Erlösung zu sehnen?

»Moment mal«, sagte er. »Ich bin fast so weit.«

Sie stöhnte und musste sich zusammenreißen, um nicht vor Frustration zu schreien.

»Jetzt«, sagte Seth.

Dann landete Wills Hand auf ihrem Hintern, sein Finger tief in ihr vergraben und sie schrie, als ihr Körper sich verkrampfte. Sie keuchte, hätte sich nie vorstellen können, dass das, was Seth sagte, wahr sein würde. Dass sie lauthals ihre Lust herausschreien würde.

Erschöpft sackte sie auf Seths starke Brust und wusste, dass sie heute eine der besten Entscheidungen ihres Lebens getroffen hatte. Sie hatte die beiden zu ihren Ehemännern gemacht.

Will ließ sie ruhen, bis sich ihre Atmung wieder normalisierte. »Ich bin dran, Lily. Ich kann es kaum erwarten, in deiner Muschi zu kommen.«

Wie konnte sie noch mehr aushalten? Wie konnte sie noch eine Runde durchhalten? Und doch erwachte ihr Körper bereits erneut.

»Als ich zugesehen habe, wie du Seth fickst, bin ich so hart wie ein Stein geworden und bereit zu explodieren. Das wird hart und schnell gehen.«

Was meinte er mit hart und schnell? Er rollte sie auf den Rücken und zog sie an die Bettkante. Dann positionierte er seinen Schwanz an ihrer Muschi. Er glitt in sie hinein, ergriff ihre Hüften und hob sie an.

Plötzlich packte er ihre Beine, spreizte sie weit und öffnete sie für seinen Schwanz. Staunend beobachtete sie, wie sein Schwanz in ihre Muschi hinein- und herausglitt. Wieder einmal wuchs der Druck in ihr und sie zog sich um seinen Schwanz zusammen.

In diesem Moment wusste sie, was er mit hart und schnell meinte. Nachdem sie zweimal gekommen war, war sie schockiert, wie ihr Körper reagierte, ihre Muskeln sich zusammenzogen und ihn umklammerten.

»Oh, Seth, die Muschi unserer Braut ist perfekt. Sie packt mich und ich spüre, wie mein Samen in ihr explodiert.«

Seth kicherte, beugte sich nach unten und küsste sie auf die Lippen. Das Gefühl seines Mundes auf ihrem, die Art und Weise, wie seine Zunge über ihre Lippen glitt und zwischen sie schlüpfte, jagte eine Feuerwelle durch ihren Körper.

Als sie sich in die Laken krallte, konnte sie fühlen, wie sich ein weiterer Orgasmus in ihr aufbaute. Sie hob ihre Hüften, um seine Stöße zu erwidern und wollte so viel von ihm, wie sie ertragen konnte.

Beide Männer fühlten sich anders an. Der Schwanz eines jeden Mannes bereitete ihr Freude und sie wusste, dass sie gleich kommen würde.

»Kann ich bitte kommen«, presste sie zwischen ihren stoßweisen Atemzügen hervor und wusste, dass sie nicht mehr lange durchhalten konnte.

»Ja«, sagte Will. »Komm jetzt.«

Diesmal raste die Explosion durch sie hindurch und nahm ihr jegliche Selbstkontrolle. Schreiend griff sie nach den Laken, um sich festzuklammern, während Seth sie in seinen Armen hielt und sie schaukelte. Will sah ihr in die Augen und sie fühlte sich, als wären sie wie eine Einheit miteinander verbunden.

Mit einem Grunzen kam er. Sein Samen überflutete die Wände ihrer Muschi. Er hielt ihre Beine weiter hoch, während beide versuchten, wieder zu Atem zu kommen.

»Lass es nicht rauslaufen. Hoffen wir, dass wir heute Abend ein Baby gezeugt haben. Ein Mädchen mit deinem Aussehen oder ein Junge, der nach Seth und mir kommt.«

Fassungslos lag sie für einen Moment da. Ein Kind. Oh ja, sie würde liebend gern schwanger werden heute Abend. Eine eigene Familie.

NEUNTES KAPITEL

Seth

Seth erwachte aus einem tiefen Schlaf. Lily lag zwischen ihm und Will und beide schliefen tief und fest. Ihr nackter Hintern presste sich gegen seinen Schwanz und alles, was er tun wollte, war, in ihre wartende Muschi zu gleiten. Aber irgendetwas stimmte nicht.

Draußen hörte er ein Pferd wiehern und Männerstimmen. Plötzlich zerbrach ein Fenster. Seine Instinkte übernahmen und er sprang aus dem Bett, schnappte sich seine Waffe und seine Hose.

»Will, wach auf«, rief er, bevor er die Treppe hinunterrannte.

Es war kein Stein, wie er angenommen hatte, sondern eine Fackel. Feuer loderte und er packte sie und warf sie zurück aus dem Fenster. Schnell erstickte er die Flammen, bevor er sich zum Fenster umdrehte und seine Waffe abfeuerte.

Der Knall hallte durch die Nacht und die Männer wurden plötzlich nervös.

Will kam die Treppe hinuntergerannt. »Was zum Teufel ist da los?«

»Wir haben Gesellschaft bekommen. Schlechte Gesellschaft.«

Er schaute aus dem Fenster. Eine weitere Fackel wurde entzündet, in deren Schein sich die Gesichter von drei Männern widerspiegelten. Der eine Mann war im Begriff, die Fackel in das Haus zu werfen. Seth zielte mit seiner Waffe und schoss dem Mann in den Arm.

Schreiend ließ der die Fackel fallen und Will feuerte auf den zweiten Mann.

In der Ferne konnte er noch zwei andere Gestalten sehen, die das Vieh durch eine Öffnung im Zaun trieben. Plötzlich ertönte ein Schuss von hinten.

Er drehte sich um und da schoss Lily mit einem Gewehr durch das zerbrochene Fenster, nackt wie an dem Tag, an dem sie geboren wurde.

»Nun, das ist ein Anblick, der meinen Schwanz explodieren lässt«, sagte Seth.

Sie sah ihn an und lächelte. »Später kümmern wir uns darum, aber jetzt haben wir Vieh zu retten.«

Die Frau war bereits auf dem Weg zur Tür und er hielt sie zurück. »Nein. Du gehst da nicht raus. Hast du vergessen, dass du nicht angezogen bist?«

Sie schaute nach unten und schüttelte den Kopf. Dann ging sie zum Fenster und gab einen weiteren Schuss ab.

»Lily«, schrie der einzige verbliebene Mann. »Ich bin für dich da, Schatz. Nach unserem Zusammenstoß in der Bank denke ich, dass wir heiraten sollten.«

»Das ist Calvin Smith«, sagte sie und drehte sich zu ihren Männern um.

Wut erfüllte Seth und er musste sich zurückhalten, den Mann nicht einfach zu erschießen. Er holte tief Luft und schrie aus dem Fenster. »Hier sind die Texas Rangers Seth Ingram und Will Parker. Du bist zu spät. Sie hat Will heute Nachmittag geheiratet. Aber danke, dass du mich wissen lässt, dass du in der Gegend bist. Ich werde dich kriegen. Mach dich bereit, vom Galgen zu baumeln.«

»Mist«, sagte Calvin und sie sahen zu, wie er seinem Pferd die Sporen gab und in der Dunkelheit verschwand.

»Sollten wir ihm folgen?«, fragte Will. »Er könnte davonkommen.«

Bis sie ihre Pferde gesattelt hätten, wäre er schon lange weg. Nein, Seth hatte den Mann erschreckt, und das würde ihn für eine Weile verunsichern.

»Nein, das wird ihn dazu bringen, zu verschwinden. Und es sieht so aus, als würden die Viehdiebe mit ihm zusammenarbeiten. Wer sind die Burschen, mit denen er das Vieh unserer Frau stiehlt?«

Sie sahen zu, wie die Männer von der Weide über den Hügel galoppierten.

»Morgen früh werden wir deinem Nachbarn einen Besuch abstatten. Nachhaken, ob er eine Ahnung hat, wer mit Mr. Smith zusammenarbeitet.«

Sie legten ihre Waffen nieder und Seth warf einen Blick auf seine Braut. »Du bist keine schlechte Schützin.«

Er starrte sie an und sein Schwanz richtete sich augenblicklich auf. Selbst in der Dunkelheit hatte der Körper seiner Frau seine Kurven an den richtigen Stellen. Und er wusste, dass sie nach Rosen duftete und ihre Haut sich wie Seide anfühlte. Und im Moment konnte er es kaum erwarten, sie wieder nach oben zu bringen und sie zu ficken.

Sie warf ihm einen hochmütigen Blick zu. »Mein Vater, der auf einer Ranch lebte, bestand darauf, dass wir alle wissen, wie man eine Waffe benutzt. Nur für alle Fälle.«

Will schüttelte den Kopf. »Wir hätten ihm folgen sollen.«

»Und riskieren, dass sie zurückkehrten, um Lily etwas anzutun. Ich glaube nicht. Sie steht jetzt unter unserem Schutz.«

Aber wie sollte er die Nachbarn besuchen, wenn er sie nicht mitnahm? Jetzt verstand er ihre Gründe für die Suche nach einem Ehemann erst so richtig. Und sie hatte den letzten

Mann der Bande ausfindig gemacht, die ihre Familie getötet hatte.

Und er hätte ihn heute Morgen fast erschossen. Aber er würde ihn fangen und dann würde das Gesetz ihn hängen.

Mit einem Seufzer zündete Lily eine Öllampe an und ging dann in die Küche. Sie kam mit einem Besen zurück. »Das ist das erste Mal, dass sie versucht haben, das Haus in Brand zu setzen. Merkwürdigerweise passierte es nach Mr. Whites Besuch gestern.«

Seth starrte seine Frau an. »Erzähl mir von Mr. White.«

Während sie das zerbrochene Glas auffegte, erzählte sie es ihm. »Er ist der größte Landbesitzer im County. Vielleicht sogar im Bundesstaat Texas. Seit meine Familie gestorben ist, hat er Interesse gezeigt, die Ranch von mir zu kaufen, obwohl ich ihm immer wieder sagte, dass ich nicht interessiert bin.«

»Hat er dich bedroht?«, fragte Will.

»Nein, er hat mich nur unter Druck gesetzt. Gestern war der bisher schlimmste Tag. Er erwähnte sogar, dass ich seinen ekelhaften Sohn heiraten soll. Ich habe das abgelehnt.«

Seth beugte sich nach unten und brachte die Kehrschaufel in Position, damit sie das Glas darauf fegen konnte. Sie mussten morgen neues Glas für das Fenster kaufen. Einer von ihnen würde bei Lily bleiben, während der andere in die Stadt ging.

Jetzt erkannte er die Gefahr, in der sich seine süße Braut befand, und es machte ihn wütend.

Ein kurzer Blick auf Will und er wusste, dass es ihm genauso ging. Der Angriff von heute Morgen war ein Weckruf, eine Erklärung, warum das Schicksal sie nach Blessing getrieben hatte.

Die Uhr schlug fünfmal. Bald würde der Tag dämmern. Sie würden den Schaden am Zaun reparieren und das verstreute Vieh zusammentreiben. Bald würde er eine Diskussion mit Mr. White führen, ihm klar machen, dass die Ranch nicht zum

Verkauf stehe und dass er als Texas Ranger alle Viehdiebe verhaften würde.

Und wenn das nicht ausreichte, hatte er einen Colt 45 an seinen Oberschenkel geschnallt, der garantieren würde, dass man seine Braut nicht mehr belästigte.

Will holte eine Decke vom Bett und bedeckte damit das Fenster. In wenigen Augenblicken hatte er sie an den Fensterrahmen genagelt. Es würde für den Augenblick reichen.

Als sie fertig waren, drehten sie sich um und sahen ihre nackte Braut grinsend an. Seths Schwanz schmerzte vor Sehnsucht nach Lily.

»Weiß nicht, wie es dir geht, Will, aber ich denke, es ist Zeit, wieder ins Bett zu gehen.«

Er grinste. »Unsere süße Braut sollte jeden Morgen mit einem unserer Schwänze in ihrer Muschi aufwachen. Dies ist der erste Tag unserer Ehe. Sie sollte richtig geweckt werden.«

Lily blickte zwischen beiden hin und her. »Aber ich bin wach.«

»Oh nein, Liebling, dir wurde noch nicht richtig guten Morgen gesagt«, sagte Seth und wusste, dass sein Schwanz es kaum erwarten konnte, in Lily zu gelangen.

»Lass uns zurück ins Bett gehen«, sagte Will. »Heute beginnen wir mit deiner Ausbildung.«

»Ausbildung?«

»Du wirst es lieben«, sagte Seth, hob sie hoch und warf sie über seine Schulter, als er die Treppe hinaufstieg. Er schlug sie auf den Hintern und genoss das Gefühl ihrer runden Pobacken unter seiner Hand.

Die Frau hatte den süßesten Hintern und er gehörte ganz allein ihm und Will.

»Wofür war das da?«

»Weil ich es liebe, wie sich dein Hintern unter meiner Handfläche anfühlt. Davon wirst du heute Morgen noch Weitere bekommen. Der Anblick, wie du nackt diese Waffe abgefeuert hast, hat mich steinhart gemacht.«

»Zeit, dir zu zeigen, wie wir jeden Morgen mit dir verbringen wollen«, sagte Will und folgte Seth.

Lily kicherte, als Seth sie die Treppe hinauf trug.

ZEHNTES KAPITEL

Will

Beim Anblick von Lily, die von Seth die Treppe hinauf getragen wurde, schwoll Wills Schwanz vor Verlangen an. Er konnte es kaum erwarten, seinen Schwanz in ihre süße, willige Muschi zu schieben. Er konnte es kaum erwarten, ihre Ausbildung zu beginnen, und er wusste, dass es Seth genauso ging.

»Hast du die letzte Nacht genossen?«, fragte Will, der sich vergewissern wollte, dass sie so viel Spaß hatte, wie es schien.

»Ja«, sagte sie. »Wie oft werden wir das tun?«

Beide lachten.

»Bei jeder Gelegenheit, die wir bekommen, Liebling«, sagte Seth. »Wie sonst sollen wir deinen Bauch mit unserem Kind füllen?«

»Oh«, sagte sie erschrocken, als er sie auf die Bettwäsche fallen ließ. Will zündete die Öllampe an, die neben dem Bett stand. Die Sonne war noch nicht aufgegangen, obwohl der Himmel sich bereits rosa färbte.

»Zuerst werden wir dich endlos ficken, dann werden wir mit deiner Ausbildung beginnen«, sagte Will.

Seth zog schnell seine Kleider aus und Will tat dasselbe, beide zogen ihre Hosen aus und legten ihre Waffen in Reichweite, damit sie sie bei Bedarf schnell erreichen konnten.

»Welche Art von Ausbildung?«

»Eine Ausbildung für den Arsch, Liebling«, sagte Seth. »Wenn wir dich beide auf einmal nehmen, bist du bereit.«

Ihre Saphiraugen starrten Will an und er konnte sehen, dass sie sich ihrer Pläne nicht ganz sicher war. »Warte ab. Du wirst sehen.«

Sie zogen sie auf das Bett und Seth nahm seinen Schwanz in seine Hand und rieb ihn. »Liebling, heute Morgen möchte ich, dass du meinen Schwanz lutschst. Lege deine hübschen Lippen darum und sauge an der Spitze.«

Ihre Kinnlade fiel auf und ihre Augen weiteten sich. »Nein.«

»Hast du es genossen, als ich letzte Nacht deine Klitoris gelutscht habe?«, fragte Will.

Sie leckte sich die Lippen und runzelte die Stirn, als sie versuchte, sich aufzusetzen. »Ja.«

»Jetzt bist du dran«, sagte Seth, als er auf das Bett kroch, sich über sie beugte und seinen Schwanz an ihre Lippen legte.

Ihre blauen Augen blitzten trotzig im schummrigen Licht. Will hob ihre Beine und schlug ihr auf den Hintern. Ein Stöhnen kam von ihren Lippen und er schlug auf die andere Pobacke. Langsam öffnete sie ihren Mund und starrte Seth an.

»Gutes Mädchen«, sagte er. »Jetzt schenk deinem Mann etwas Freude.«

Will beobachtete, wie sie sich die Lippen leckte, ihre Zunge um seine Spitze wanderte und Seth tief in seiner Kehle stöhnte. »Oh Liebling, du weißt nicht, wie gut sich das anfühlt.«

Hinter ihm hielt Will ihre Beine hoch, ihre Muschi glitzerte feucht im Licht und er streichelte ihre Klitoris. Langsam bewegten sich ihre Hüften, als er mit seinen Fingern an ihren Schamlippen entlang fuhr und sie streichelte.

Er schob zwei Finger in sie hinein, stöhnte und hob ihre

Hüften, damit sie seine Stöße erwidern konnte. »Ich glaube, du magst das morgendliche Ficken.«

Ein Stöhnen kam aus ihrer Kehle und er sah, dass ihre Braut Seth Schwanz komplett in ihren Mund genommen hatte und er nun ihren Kopf ergriff, während er seinen Schaft immer tiefer bewegte und immer wieder zustieß.

»Nein, Lily, schließe nicht die Augen. Schau mich an. Du sollst wissen, dass ich den Anblick deines schönen Mundes liebe, der meinen Schwanz akzeptiert«, sagte Seth.

Der Anblick seines Schwanzes, der in ihrem Mund verschwand, war mehr, als er ertragen konnte. Er konnte es kaum erwarten, dass er an der Reihe war, in ihr zu sein, dass sie endlich seinen Schwanz lutschte. Er schob ihre Beine weiter nach hinten, schlug mit der Hand auf ihre Muschi und sie stöhnte. Dann stieß er so fest er konnte in sie.

Sie stöhnte.

Während ihre Muschi um seinen Schwanz pulsierte, nahm er seinen Finger und streichelte ihre Klitoris, während sie an Seths Schwanz saugte. Kaum zu glauben, dass sie weniger als vierundzwanzig Stunden verheiratet waren und doch gehörte Lily ihnen.

Er würde sterben, um seine Frau zu beschützen, und er wusste, dass Seth es auch tun würde. Immer wieder beobachtete er, wie sein Schwanz in der engen Muschi seiner Frau verschwand. Ihr zierlicher Mund saugte an Seths Schwanz.

Was für eine großartige Weise, den Tag zu beginnen.

Mit ihren Beinen in der Luft, ihrem Hintern vor seinen Augen und unfähig, diesem weißen Anblick zu widerstehen, schlug er erst auf eine Pobacke und dann auf die andere.

»Mach weiter so. Sie saugt härter, wenn du es tust«, sagte Seth stöhnend.

Noch zweimal schlug er abwechselnd auf ihre Pobacken, die sich langsam rosa färbten und ihre Muschiwände umklammerten seinen Schwanz und schickten ihn immer näher an den Abgrund.

»Ich werde kommen, Liebling. Schluck meinen Samen. Jeden

Tropfen«, sagte Seth, als er ihr einen letzten Stoß gab und grunzend kam.

Er stöhnte unwillkürlich beim Anblick ihrer Kehle, die arbeitete, als sie schluckte. Doch bis jetzt hatte sie noch keine vollkommene Lust kennengelernt. Seth zog seinen Schwanz aus ihrem Mund und sie leckte ihre Lippen und stöhnte, während Will weiter in ihre süße Muschi stieß.

Er griff nach unten und fand ihren kleinen Lustknopf, zwirbelte ihn zwischen seinen Fingern und ihre Augen weiteten sich. »Bitte, darf ich kommen.«

»Jederzeit, Schatz«, sagte Will, als Seth von ihr stieg, aber ihre Brüste in seine Hände nahm.

Er zwirbelte ihre Brustwarzen, was sie zum Höhepunkt brachte. Ihre Muschi zog sich um seinen Schwanz zusammen und sie schrie ihre Lust heraus.

»Will«, rief sie.

Das Geräusch, wie sie seinen Namen rief, ließ ihn heftig kommen. Gefangen in seinem eigenen Orgasmus, stöhnte er, als sein Samen sie füllte, er in ihr pulsierte und die Wände ihrer Muschi bedeckte.

Der intensive Duft von Sex erfüllte die Luft, als die drei auf dem Bett zusammenbrachen, gerade als der Hahn krähte und den neuen Tag ankündigte.

Die drei lagen ineinander verschlungen da, ihre Atemzüge erfüllten den Raum und das Glück verzehrte ihn. Dies war das Leben, von dem er mit einer Frau und schließlich einer Familie träumte.

»Guten Morgen, Liebling«, sagte Seth.

Will schmunzelte. »Was für eine Art, den Tag zu beginnen.«

Lily lag mit geschlossenen Augen da und atmete schwer. »Ich bin ziemlich erschöpft.«

Die Männer lachten.

»Und wir sind noch nicht fertig«, sagte Will, der ahnte, dass ihr Mädchen sich wahrscheinlich dem widersetzen würde, was er im Sinn hatte. Aber am Ende würde es ihr gefallen. Will erhob sich vom Bett und ging zu seinen Satteltaschen hinüber. Schnell fand er, was er suchte. Zuerst nahm er einen nassen Waschlappen aus der Wasserschüssel, um ihre süße Muschi zu reinigen. Seth setzte sich auf das Bett, rutschte hinter sie und zog sie auf seinen Schoß.

»Spreize deine Beine, Lily«, befahl er.

Schläfrig starrte sie ihn an. »Warum?«

»Wir werden dich rasieren«, sagte Will zu ihr, als er ihre Muschi nass machte und sie reinigte, bevor er anfing.

»Was? Warum?«

Seth hielt sie fest und brachte seinen Mund neben ihr Ohr. »Weil wir eine sauber rasierte Muschi mögen, damit wir dich lecken können.«

Ihre Augen weiteten sich und sie starrte zu Seth auf.

»Wird es wehtun?«

»Überhaupt nicht«, sagte Will, der seinen Rasierbecher herausnahm und Schaum vorbereitete. »Danach machen wir es wieder gut.«

Lily spreizte ihre Beine. Mit dem Pinsel in der Hand fuhr er über ihren Schlitz und badete sie in Schaum. Dann nahm er den Rasierer und entfernte langsam die Haare, wobei er darauf achtete, ihre Schamlippen nicht zu verletzen. Der Rasierer wanderte auf und ab, entfernte alle Haare und ließ sie nackt zurück. »Oh mein Gott, Seth, jetzt kann man ihre Muschi sehen. Sie ist wunderschön und sie gehört uns«, sagte Will, als er fertig war und den restlichen Schaum wegwischte.

»Gutes Mädchen«, flüsterte Seth in ihr Ohr. »Du hast das so gut gemacht. Jetzt haben wir noch mehr Dinge für heute.«

»Was?«, fragte sie und Furcht stand in ihren Saphiraugen und ihre blonden Locken umrahmten ihr Gesicht. Wills Schwanz fing beim Anblick seiner Braut, die mit gespreizten Beinen vor ihm saß und deren nackte Schamlippen zu sehen waren, wieder an, hart zu werden.

Er hielt den Plug hoch, den er mit Voraussicht auf diesen Tag gekauft hatte. Ein Holzdübel, schmal an einem Ende und breit an der Basis.

»Was ist das?«

»Es ist ein Analplug. Es wird deinen Hintern darauf vorbereiten, uns beide zu nehmen. Andernfalls könnten wir dir wehtun. Und wir können es kaum erwarten, dass wir beide dich gemeinsam beanspruchen«, sagte Will zu ihr, während er Gleitgel über den Holzplug laufen ließ. »Auf die Knie Schatz.«

»Wird es wehtun?«

»Nein, es wird dir Freude bereiten. Genau wie mein Finger in deinem Hintern. Er konnte den Zweifel in ihren Augen sehen. »Sobald er drin ist, zeige ich dir, wie er dich dazu bringen wird zu kommen. Auf die Knie.«

Widerwillig kniete sie nieder, während Seth ihr half. Er drückte ihren Kopf auf das Bett und ihr Hintern ragte in die Luft. Diesen schönen weißen Pobacken konnte man einfach nicht widerstehen. Er fuhr mit der Hand über jede Pobacke und gab ihr dann einen sanften Klaps. Einmal, zweimal, dreimal. Nicht hart genug, um sie zu verletzen, aber fest genug, um sie zu erregen.

Sie stöhnte und er wusste, dass sie bereit war.

Seth flüsterte an ihrem Ohr: »Du hast ja keine Ahnung, wie sehr ich es mag, dich so stöhnen zu hören, und es gefällt mir so sehr, dass du gerne geschlagen wirst. Bald schon werde ich dich allein durch ein paar Schläge kommen lassen.«

Will konnte nicht widerstehen, mit seinen Fingern über ihre Muschi zu fahren und sie war klatschnass. Ihre Braut genoss es, geschlagen zu werden.

Er platzierte das schmale Ende an ihrer rosigen Rosette, schob ihn nach vorne, zog ihn dann zurück und drückte erneut zu. »Entspann dich, Schatz, dann wird es einfacher gehen.«

Sie atmete tief durch und Will drückte ihn wieder leicht gegen ihre Öffnung. Ein Stöhnen entwich ihr, und er drehte den Plug und sie zuckte. Er griff unter sie, nahm ihre Klitoris in seine Finger und rieb das kleine Nervenbündel, während er den Plug tiefer in sie hineindrückte.

»Oh, Will«, sagte sie stöhnend.

Sobald er vollständig in ihr war, schlug er ihr wieder auf den Hintern.

»Bitte, darf ich kommen«, rief sie.

»Jederzeit, du hast das großartig gemacht«, sagte er und freute sich, dass er seiner schönen Braut Spaß bereitet hatte. Er gab ihr noch einen Schlag auf den Hintern und Lily schrie ihren Orgasmus heraus. Er hatte noch nie ein schöneres Geräusch gehört.

ELFTES KAPITEL

Seth

Später am Morgen zählte Seth das Vieh und notierte, wie viele Rinder vermisst wurden. Am Morgen beim Frühstück hatte Lily ihm die Zahlen gegeben. Ihre Braut war nackt im Haus und er konnte das Mittagessen kaum erwarten.

Als sie zusammenarbeiteten, zog Will Stacheldraht, um den Zaun zu reparieren. »Lass uns nach dem Mittagessen mit dem Nachbarn, Mr. White, sprechen und ihn wissen lassen, dass Lily einen Texas Ranger geheiratet hat.«

Die heiße Sonne von Texas brannte auf sie herab, als sie daran arbeiteten, die Schäden des gestrigen Überfalls zu reparieren. Ja, es fehlten Rinder.

»Ich möchte mir das Grundstück einmal genauer ansehen. Es ist irgendwie seltsam, dass Mr. Garza einfach so verschwindet, ohne Lily etwas zu sagen, da er so lange für ihre Familie gearbeitet hat. Das klingt nicht nach einem Mann, der einfach verschwinden würde, ohne sich zu verabschieden.«

»Stimmt«, sagte Will und zog den Stacheldraht fest. Er stand auf und schaute sich um. »Dies ist eine schöne Ranch.«

»Ja«, sagte Seth, als er eine Staubwolke im Westen näherkommen sah. »Schau da rüber. Was ist das?«

Vieh kam zusammen mit drei Männern zu Pferd in Sicht. Seth griff nach seiner Waffe. Nach der letzten Nacht ging er kein Risiko ein. Will tat dasselbe. Sie beobachteten, wie die Männer das Vieh in Richtung des Hauses trieben.

Seth und Will sprangen auf ihre Pferde und ritten ihnen entgegen. Wer auch immer diese Männer waren, sie mussten wissen, dass Lily nicht mehr allein war.

Als die Männer am Tor zur Weide ankamen, öffneten sie es und führten das Vieh hinein.

Will und Seth sahen zu, sagten aber kein Wort, als ein älterer Mann auf sie zuritt.

»Ich glaube nicht, dass wir uns schon kennengelernt haben. Ich bin Jim White«, sagte er und musterte die beiden.

»Texas Ranger Seth Ingram.«

»Texas Ranger, Will Parker, Lilys neuer Ehemann«, sagte Will, der aufrecht auf seinem Pferd saß, seinen Colt nur ein paar Zentimeter von seinen Fingern entfernt.

»Also hat das Mädchen geheiratet«, sagte er kopfschüttelnd. »Parker, dieser Name ist bekannt. Kannte vor Jahren ein Mädchen mit diesem Namen. Hübsche Frau. Wir wollten heiraten, aber es sollte nicht sein.«

Warum zum Teufel sollte der Mann ihnen von seiner Vergangenheit erzählen? Um sie glauben zu lassen, er sei ein Familienmensch, also ein netter Mann?

»Meine Männer fanden diese Rinder unter unseren eigenen. Sie haben das Brandzeichen von Sweet B, und wir wollten sie ihrem rechtmäßigen Besitzer zurückgeben.«

»Danke«, sagte Will. »Das weiß ich zu schätzen. Wir haben letzte Nacht einige Viehdiebe verscheucht, die unser Vieh gestohlen haben. Sie haben sogar versucht, das Haus in Brand zu setzen.«

»Wie bitte? Das ist schrecklich«, sagte der Mann. »Es ist gut, dass sie jetzt einen Mann hier hat, der ihr hilft.«

»Ja«, sagte Will mit einem Lächeln, von dem Seth wusste, dass es seine Augen nicht erreichte. Es war ein Trick, den Will seit vielen Jahren benutzte.

»Eine Frau sollte eine Ranch nicht allein betreiben. Ich bin froh zu hören, dass sie einen Ehemann hat. Wenn Sie sich entscheiden, diese Ranch zu verkaufen, dann wäre ich an einem Kauf interessiert, da sie an mein Grundstück grenzt. Ich bitte sie bereits, sie mir zu verkaufen, seit ihre Eltern gestorben sind.«

Seth ballte seine Fäuste, da ihm klar war, dass dieser Mann versuchte, Lily zu manipulieren und zum Verkauf zu zwingen.

»Nicht interessiert«, sagte Will. »Sie haben nicht zufällig Mr. Garza gesehen? Ihre langjährige Hilfskraft ist verschwunden.«

Der ältere Mann schüttelte den Kopf. »Dieses alte Blesshuhn war ein Trinker. Ich bin schockiert, dass er so lange geblieben ist.«

War an den Worten des Mannes etwas Wahres dran? Lily hatte nicht erwähnt, dass der Mann getrunken hatte. Oder war dies nur ein Versuch, sie davon abzuhalten, seinem Verschwinden nachzugehen?

»Sie kennen nicht rein zufällig Calvin Smith, oder? Ich bin mir fast sicher, dass ich ihn letzte Nacht in der Dunkelheit gesehen habe. Wir suchen ihn.«

Die Nasenlöcher des Mannes bebten und seine Augen wurden dunkel. »Noch nie von dem Mann gehört.«

Will nickte. »Wollte nur nachfragen. Wenn wir ihn finden, kommt er ins Gefängnis.«

»Die Texas Rangers sind die Besten«, sagte der Mann sarkastisch, und Seth wusste nicht, ob es ein Kompliment oder eine Verurteilung war. So oder so, er mochte den Mann nicht. »Nun, ich gehe dann besser wieder. Viel Glück, Gentleman, mit Ihrer Suche nach Calvin Smith. Ich hoffe, ihr schafft es, diese Viehdiebe davon abzuhalten, noch mehr Vieh zu stehlen.«

Sein Bauchgefühl sagte ihm, wer die Viehdiebe waren. Jetzt mussten sie sie nur noch fangen. »Oh, ich hoffe doch sehr, dass sie zurückkommen. Wir sind bereit für sie.«

»Seien Sie vorsichtig. Ich würde es hassen, wenn dieses junge Mädchen zur Witwe werden würde. Aber andererseits könnte mein Junge sie dann heiraten.«

Das waren nicht die Worte, die man zu einem Mann sagen sollte, der gerade Lily geheiratet und sie bereits in Anspruch genommen hatte. Sie war ihre Frau.

Wills aufgesetztes Lächeln verschwand. »Das wird nicht passieren. Lily gehört mir und ich werde jeden Mann töten, der versucht, ihr etwas anzutun.«

Oh, ganz sicher würde das nicht passieren. Seth würde diesen Bastard töten, bevor er eine Chance hätte, einem von ihnen zu schaden.

Der Mann lachte. »Grämen Sie sich nicht. Ich mache mir nur Sorgen, dass Ihnen etwas zustoßen könnte und sie dann wieder allein ist.«

Das Pferd des Mannes tänzelte nervös.

»Das wird nicht passieren«, sagte Seth grimmig.

»Wir machen uns besser wieder auf den Weg. Wenn Sie Ihre Meinung über den Verkauf ändern, lassen Sie es mich wissen.«

Bevor Seth ihm sagen konnte, er solle sich endlich zum Teufel scheren, drehte er sein Pferd um und ritt vom Hof, wobei seine beiden Männer ihm folgten.

»Er ist unser Viehdieb. Die Show hat er nur abgezogen, um uns glauben zu lassen, dass er ein netter Kerl ist und um zu sehen, wie wir über einen Verkauf denken. Er dachte, wenn er Lily genug einschüchtert, würde sie schließlich verkaufen«, sagte Will.

»Und jetzt wird er sich mit uns anlegen«, antwortete Seth.

»Ja, wir müssen in die Stadt gehen und eine weitere Glasscheibe kaufen, um sie in dieses Fenster einzusetzen. Und dann müssen wir sicherstellen, dass wir bewaffnet und bereit für einen Krieg sind.«

»Was meinte er damit, dass er ein Mädchen namens Parker kannte?«, fragte Seth.

»Weiß nicht«, sagte Will. »Mutter hat ihn nie erwähnt. Aber sie hat mir auch nie den Namen meines Vaters verraten, weil sie nicht wollte, dass ich versuche, ihn zu finden. Wenn dieser Hurensohn an meiner Existenz beteiligt ist, würde es mich nur dazu bringen, ihn noch mehr zu hassen. Außerdem gibt es wahrscheinlich Dutzende von Parkern. Die meisten sind nicht verwandt.«

Erleichterung überkam Seth. Es gab keine Möglichkeit zu wissen, ob Jim White sein Blutsverwandter war, aber trotzdem hasste Will seinen Vater. Es wäre egal.

Sie blickten zurück auf das Haus und sahen sich dann an.

»Unsere Braut ist im Haus.«

»Lass uns gehen«, sagte Seth. »Allein der Gedanke an sie macht mich hart.«

ZWÖLFTES KAPITEL

Lily

Lily schaute aus dem Fenster und sah die Männer reden. Ihre Männer wussten nicht, wie rücksichtslos Jim White sein konnte. Obwohl sie ihr gesagt hatten, sie solle nackt im Haus bleiben, konnte sie es nicht.

Sie musste raus und Jims Lügen entlarven. Sie musste ihre Männer beschützen. Im Moment schien es, als würden sie sich einigen und das konnte sie nicht zulassen. Jim White war ein Gauner, umgeben von seinen unrechtmäßig erworbenen Gewinnen und Reichtümern und geschützt durch das Gesetz in der Stadt.

Ihre Männer verstanden nicht, was für ein Verräter er war.

Sie eilte ins Obergeschoss, suchte sich ein Kleid und zog es über ihren nackten Körper. Als sie angezogen war, eilte sie die Treppe wieder hinunter und schnappte sich ihre Waffe.

Der Mann würde nicht gewinnen. Und sie würde niemals zulassen, dass er ihre Ehemänner verletzte.

Als sie die Tür öffnete, standen ihre beiden Männer vor ihr. Sie hielten inne und sahen sie und dann einander an.

»Was machst du, Lily?«, fragte Will mit grimmiger Miene, dessen dunkle Augen sich verengten.

Oh nein. Sie blickte über seine Schulter und sah, dass ihr Nachbar verschwunden war.

»Ich bin gekommen, um euch vor Jim White zu warnen. Wo ist er?«

»Er ist weg«, sagte Seth. »Warum trägst du Kleidung?«

Sie war in Schwierigkeiten und sie wusste es.

»Ich konnte ja nicht nackt nach draußen kommen, oder?«

»Haben wir dir nicht gesagt, dass du im Haus bleiben sollst?«

Auf ihren Gesichtern lag ein Ausdruck, der ihr nicht gefiel. Einer, der sie beunruhigte. Einer, der Ärger bedeutete.

Will schloss die Tür.

»Ja, aber ihr wisst nicht, was für ein Mann er ist«, sagte sie, während sie langsam auf sie zugingen.

Wills Augen funkelten vor Wut und Seth runzelte die Stirn. Sie waren wütend auf sie und sie befürchtete, dass sie in Schwierigkeiten geraten würde.

»Ich bin herausgekommen, um euch zu beschützen«, sagte sie.

Sie lachten beide und wurden dann ernst.

»Was haben wir dir heute Morgen gesagt?«, fragte Will.

Sie biss sich auf die Lippe und sah ihn unbehaglich an. »Dass ich im Haus bleiben soll. Aber Jim White ist ein lügender, hinterhältiger Mann, der unsere Ranch stehlen will.«

»Nicht unsere Ranch. Deine Ranch«, sagte Seth.

»Aber wir sind verheiratet«, antwortete sie.

»Macht nichts. Die Ranch gehört immer noch dir. Wenn du sie unseren Kindern vererben willst, ist das wunderbar, aber sie wird immer dir gehören. Aber du weichst der Tatsache aus, dass du ungehorsam warst.«

Als sie realisierte, dass sie die Ranch nicht wollten, fragte sie sich fassungslos, ob sie überhaupt vorhatten zu bleiben?

»Bedeutet das, dass ihr nicht bleiben und mir helfen wollt?«

»Natürlich nicht«, sagte Will.

»Lily, ich genieße es, ein Texas Ranger zu sein«, sagte Seth. »Aber ich würde immer wieder zu dir zurückkommen.«

Sie machte die zwei Schritte zu Seth und schlang ihre Arme um ihn, in der Hoffnung, dass sie die Wut der beiden mildern könnte. »Ich kann mir ein Leben ohne euch beide nicht vorstellen.«

Sie streckte die andere Hand aus und zog Will in ihre Umarmung. »Ihr seid jetzt meine Männer.«

»Denen du nicht gehorcht hast.«

»Nur um euch zu schützen«, sagte sie. »Und um Jim White meine Meinung zu sagen.«

Sie gluck sten.

»Zieh das Kleid aus«, wies Will sie an.

Sie löste sich von ihnen, knöpfte das Kleidungsstück auf und hob es über ihren Kopf. »Ich wollte es nur tragen, um nach draußen zu gehen und hätte es sofort wieder ausgezogen, sobald ich wieder im Haus gewesen wäre.«

»Vertraust du uns?«, fragte Seth.

Obwohl sie sie erst seit zwei Tagen kannte, glaubte sie an sie. Sie hatten bereits bewiesen, dass sie gute Männer waren.

»Natürlich«, sagte sie.

»Warum überlässt du Mr. White, der einige deiner Rinder mitgebracht hat, dann nicht einfach uns?«

Was veranlasste den Mann, ihr Vieh zurückzugeben? Er hatte etwas vor und es konnte nicht gut sein.

Sie stand nackt vor ihnen und beobachtete, wie Seths Augen über ihren Körper wanderten. Dann Wills.

»Ihr habt ja keine Ahnung, was für ein Mann Jim White ist.«

»Wir sind Texas Rangers, glaubst du nicht, dass wir schon einmal mit Männern wie ihm zu tun hatten?«, fragte Will.

Oh, was konnte sie dazu sagen? Ihre Männer waren stark und gut aussehend und klug. Irgendwie hatte sie sie enttäuscht, indem sie ihnen nicht zutraute, mit dem hinterhältigen Kerl fertig zu werden, der nebenan lebte.

»Ich war nicht aus Respektlosigkeit ungehorsam. Ich wollte euch beschützen. Ihr seid meine Männer.«

Will nahm sie am Arm und sie gingen hinüber zur Couch, wo er sich hinsetzte. Dann zog er sie auf seinen Schoß und legte sie mit dem Gesicht nach unten. Oh nein, sie würde nicht um ihre Bestrafung herumkommen, egal mit welchen Argumenten sie ihnen kam.

»Was machst du?«

»Du wirst dafür bestraft werden, dass du uns ungehorsam bist. Wenn wir dir eine Anweisung geben, erwarten wir, dass du uns gehorchst. Wir stellen deine Sicherheit vor unsere eigene und du musst uns nicht beschützen. Unsere Aufgabe als deine Ehemänner ist es, sicherzustellen, dass du jederzeit geschützt bist. Wenn du uns ungehorsam bist, wirst du bestraft werden.«

Die Angst schraubte sich spiralförmig durch Lily und zentrierte sich in ihrer Brust. »Aber -«

Klatsch, seine Hand landete auf ihrem nackten Gesäß und sie fühlte den Aufprall in dem Analplug in ihrem Po.

»Will«, rief sie.

»Zähl mit«, sagte er. »Du wirst mindestens zehn Schläge erhalten. Mehr, wenn du weiter streitest.«

Klatsch.

»Zwei«, rief sie.

Seine Handfläche landete erneut auf ihrem Gesäß.

»Drei«, sagte sie etwas lauter. Die Hitze baute sich in ihrem Hintern auf und sie konnte spüren, wie Tränen in ihren Augen aufstiegen. Sie wollte nicht weinen. Sie wollte nicht, dass sie sehen, wie sehr es ihr wehtat.

Will fuhr fort, sie zu schlagen und schlug sie härter als je zuvor. Tränen liefen ihr über die Wangen.

»Bitte«, wimmerte sie, aber er fuhr fort und ignorierte ihre Bitten.

Als sie schließlich bei zehn angekommen waren, bewegte sie sich nicht und er rieb sanft ihr gerötetes Gesäß. Tränen rollten über ihre Wangen und sie war wütend. Wie konnte das, was sie getan hatte, diese Art von Bestrafung verdienen?

Er hob sie hoch und wiegte sie in seinen Armen. »Wir sind deine Ehemänner und wir werden dich beschützen und dich ehren. Es wird dir an nichts fehlen, aber du musst zuhören und uns gehorchen. Wenn wir dir einen Befehl erteilen, musst du gehorchen.«

Sie schluckte. Verstanden sie denn nicht, dass sie das Beste waren, was ihr seit langem passiert war, und sie fürchtete, dass man sie ihr wieder wegnahm. »Aber ich wollte euch verteidigen.«

»Das ist schön, aber wir passen aufeinander auf und auf dich.«

Seth streckte die Hand aus und rieb ihr den Rücken. »Wir versuchen nur, uns um dich zu kümmern.«

»Ich weiß, aber ich habe solche Angst, euch zu verlieren«, sagte sie.

»Wir gehen nirgendwohin«, sagte Seth, lehnte sich nach unten und küsste ihre Wange. »Mach dir keine Sorgen, Lily.«

Aber es war schwer, es nicht zu tun. Seit dem Tod ihrer Familie war sie jeden Tag einer Gefahr ausgesetzt gewesen und wusste, dass die Bedrohung nicht verschwunden war. Er wohnte gleich nebenan.

»Hat dieser Kerl angeboten, das Land zu kaufen?«

Die beiden Männer sahen sich an. »Ja«, sagte Will, als er ihr Gesäß rieb.

»Glaub mir, wir erkennen eine betrügerische Schlange, wenn wir eine treffen. Aber wir müssen vorsichtig sein. Diese Viper hat Geld und wird es gegen uns verwenden.«

»Ich weiß«, sagte sie und legte ihren Kopf auf Wills Schulter und Tränen füllten wieder einmal ihre Augen.

Verheiratet zu sein war hart und die Kontrolle aufzugeben war noch schwieriger. Schließlich war sie so lange allein gewesen und hatte sich nur um sich selbst kümmern müssen. Niemand hatte sich jemals so um sie gekümmert wie ihre Ehemänner und sie musste ihnen nachgeben.

Dennoch gab es einen Mann, der ihr das Glück nehmen konnte, das sie gerade fühlte. Jim White. Und deshalb fürchtete sie ihn und musste ihre Männer verteidigen.

DREIZEHNTES KAPITEL

Will

Will hasste es, sie so zu bestrafen, aber sie musste lernen, dass sie sich um sie kümmern und sie beschützen würden. Sie war das wertvollste Geschenk, das sie je bekommen hatten, und wenn sie nicht zuhörte oder ihnen nicht gehorchte, konnte sie verletzt werden oder sogar sterben. Genau wie in alten Tagen waren sie ihre Ritter und sie war ihre Dame.

Als die Sonne durch die Vorhänge schien, legte er sie auf die Couch und stand auf. Sein harter Schwanz presste sich gegen seine Hose, begierig darauf, sich mit Lily zu vereinen. Langsam zog er seine Kleider aus und Seth tat dasselbe. Als er seine Hose nach unten schob, sprang sein Schwanz hervor und hob sich zur Decke.

Steinhart und bereit zum Ficken.

Lily lag auf der Couch und blickte zu ihm auf.

»Du gehörst uns und wir werden dich mit unserem Leben verteidigen.«

In weniger als vierundzwanzig Stunden war diese Frau, ihre Frau, alles für sie geworden. Sie war der Fels, das Fundament, auf dem sie ein Familienleben aufbauen wollten. Jeder, der ihr schaden wollte, würde sich vor dem Lauf seines Colts wiederfinden. Lily gehörte ihnen.

Und Jim White hatte keine Ahnung, was ihm bevorstand, wenn er weiterhin versuchen würde, ihr Schaden zuzufügen.

Er starrte sie an, wie sie da auf dem Rücken lag, die Beine gespreizt, ihre Augen dunkel vor Leidenschaft und er konnte nicht länger warten.

Will kniete nieder und brachte seinen Schwanz an ihre Lippen. Sie öffnete ihren Mund und nahm ihn tief auf, saugte an seiner Erektion und ihre Zunge leckte über seine Spitze. Hitze durchströmte ihn und es kostete ihn seine ganze Selbstbeherrschung, seinen Schwanz nicht tief hinab in ihre Kehle zu schieben.

Seth zog seine Hose aus und dann spreizte er die Beine ihrer Braut und hakte eines über die Lehne des Sofas. Kniend verteilte er Küsse auf ihren Beinen und hinterließ eine Spur, bis er den Scheitelpunkt ihrer glatt rasierten Muschi erreichte. Als er seinen Mund darauf legte, wölbte sie ihren Rücken auf und stöhnte um Wills Schwanz herum.

»Lily«, sagte Will mit einem Stöhnen. »Mach weiter so. Ich liebe es, wenn sie mit meinem Schwanz im Mund stöhnt.«

In wenigen Augenblicken kamen süße Lustgeräusche von ihrer Braut und die gefielen ihm mehr als ihre Tränen. Ihre Atmung beschleunigte sich, als sie sich am Sofa festklammerte.

Sanft schob er seinen Schwanz weiter in sie und krallte sich in ihr Haar. »Oh, süße Lily, was du mir antust.«

Sein Schwanz war tief in ihrer Kehle und sie blickte zu ihm auf. Ihre Saphiraugen waren dunkel vor Leidenschaft, ihre Kehle arbeitete um seinen Schwanz. Es gab keine Möglichkeit, dass er viel länger durchhalten konnte. Nicht bei dem Anblick seiner Braut, die an seinem Schwanz saugte.

Seths Mund war wieder auf ihrer Muschi, seine Zunge tief in ihr, seine Finger rieben ihre Klitoris. Sie bäumte sich auf wie ein wildes Pferd und er wusste, dass sie kurz davor war zu kommen.

Mit einem letzten Stoß verkrampfte sich ihre Kehle, als sein Samen ihre Speiseröhre hinunterschoss. Sie sah ihn an und ihr Verlangen war in ihren Augen zu sehen, als er kam. Langsam zog er sich zurück und sie leckte ihn mit ihrer Zunge sauber.

»Bitte«, sagte sie leise. »Bitte lass mich kommen.«

Seths Finger fanden den Analplug und er drehte ihn. Sie schrie lustvoll. »Jetzt kannst du kommen.«

Ihr ganzer Körper vibrierte, als sie wimmernd und zitternd kam.

Mit einem Seufzer wurde sie schlaff und Seth lächelte. »Noch nicht, Schatz. Wir sind noch nicht fertig. Auf die Knie.«

Er half ihr, sich von der Couch zu erheben und auf ihre Knie. Sie warf einen Blick zurück zu ihm. »Seth?«

»Ich werde meinen Schwanz so weit wie möglich in deine süße Muschi schieben«, sagte er und lächelte sie an.

Sie stöhnte und dann positionierte er seinen Schwanz und schob ihn in ihre tropfende Muschi.

Er legte seine Hände auf ihre Hüften, führte sie und dann fing er an, in sie zu stoßen, seinen Schwanz so weit wie möglich in sie zu schieben und sie hart zu ficken. »Oh, verdammt, sie ist so eng. So gut.«

Will, der die beiden beobachtete, konnte spüren, wie sein Schwanz wieder hart wurde. Als Seth fertig war, konnte er es kaum erwarten, dasselbe zu tun.

»Seth«, keuchte sie. »Ich werde kommen.«

Klatschend landete seine Hand auf ihrem Po. »Noch nicht.«

»Oh«, stöhnte sie, ließ den Kopf in den Nacken fallen und gab ihm einen tieferen Zugang.

Ein weiterer Schlag auf ihren Hintern und sie quietschte. »Seth, ich kann mich nicht zurückhalten.«

Sein Daumen drückte auf den Analplug und sie schrie. »Oh, Seth, fick mich.«

»Jetzt kannst du kommen«, sagte er, als er noch einmal zustieß. Dann spannte er sich an, presste ihre Hüften an sich und sein Körper zuckte, als sein Samen ihre Muschiwände bedeckte.

Lily schnappte nach Luft und wand sich unter ihm, ihr Atem kam abgehackt, während ihr Körper sich verkrampfte.

Seth fiel zurück, sein Schwanz rutschte aus ihrer Muschi heraus und Will trat hinter sie, um seinen Platz einzunehmen.

»Ich bin dran«, sagte er und drückte sich tief in ihre einladende süße Muschi. Ihre Wände packten seinen Schwanz, drückten ihn zusammen und umhüllten ihn.

»Lily, drücke mich fester. Nimm mich tiefer.«

Ihre Braut glitt auf ihre Hände, ihr Hintern hob sich in die Luft und gab ihm so einen tieferen Zugang.

Will ergriff ihre Hüften mit einer Hand und zog sie an sich, während er immer wieder in sie stieß. Dann zogen seine Finger den Analplug fast heraus, bevor er ihn wieder in sie schob.

»Will«, schnappte sie. »Mach es noch einmal.«

Seth griff nach unten und flüsterte ihr zu. »Oh, Baby, das ist es, was wir gerne hören. Wir sind so froh, dass du es genießt, dass wir dich ficken und können es kaum erwarten, bis du bereit bist, uns beide zu nehmen. Bald, Liebling, bald.«

Sein Mund bedeckte ihren und er küsste sie innig. Sie stöhnte, als Will sie schnell und hart nahm und sein Schwanz sich in ihrer Muschi vergrub. Er griff nach unten und massierte ihre Klitoris.

Plötzlich löste sie sich aus Seths Kuss. Seine Finger streichelten ihre Brüste und zwirbelten die süßen Nippel.

»Ich komme«, rief sie.

Es würde der dritte Orgasmus ihrer Braut sein, und diesmal war er so nah dran, ein zweites Mal zu kommen, dass er sie nicht aufhalten würde.

»Mach weiter, Lily, du kannst kommen.«

Die Wände ihrer Muschi packten ihn, vibrierten und pulsierten und holten einen weiteren Orgasmus aus seinem Schwanz.

Er stöhnte, klammerte sich an ihr fest und alles, woran er denken konnte, war, wie dankbar er war, dass Lily in ihr Leben getreten war. Sie war alles, was sie sich von einer Braut erhofft hatten, und sie gehörte ihnen.

Ihr Samen vermischte sich in ihrer Muschi und hoffentlich würden sie bald ein Kind bekommen.

Will brach auf Lily zusammen und rollte sich herum, bis sie zwischen ihm und Seth auf der Couch lag.

»Jetzt verstehst du, warum wir dich nackt haben wollen«, sagte Seth und rieb ihren Rücken.

»Ja«, wimmerte sie leise und kuschelte sich zwischen sie. »Ich hätte mir nie träumen lassen, dass es so gut sein könnte, verheiratet zu sein. Bitte seid vorsichtig, ich will meine Cowboys nicht verlieren.«

»Mach dir keine Sorgen, wir gehen nirgendwohin«, sagte Seth und küsste ihren Hals.

Während die Nachmittagssonne zu den Fenstern hereinschien, lagen sie auf der Couch.

Will sah seinen Freund an und lächelte. Er nickte zustimmend. Ihr Leben hatte sich verbessert. Alles nur, weil sie Lily geheiratet hatten. Nur, weil sie einen Ehemann brauchte.

VIERZEHNTES KAPITEL

Seth

Später am Nachmittag trafen Seth und Will die Entscheidung, nicht in die Stadt zu gehen, sondern die Ranch zu durchsuchen, um zu sehen, ob sie noch weitere vermisste Rinder auftreiben konnten. Sie ließen Lily im Haus mit strengen Anweisungen zurück, aus keinem Grund das Haus zu verlassen.

Es sei denn, es gab ein Feuer und dann konnte sie es verlassen.

Während sie ritten, erkannten sie den Wert des Landes, das die Ranch umgab. Die grünen Weiden, der Fluss, die Schönheit der sanften Hügel. Es wehte viel hohes Gras im Wind und es gab Wasser für Rinder oder Pferde.

»Kein Wunder, dass White dieses Land will. Schau dir den Fluss an.«

»Der Mann erinnerte mich an einen Schlangenölverkäufer«, sagte Will. »Er wird nichts unversucht lassen, um das Land oder Lily zu bekommen.«

Als sie einen Hügel erklommen, bemerkten sie ein Pferd mit einem Sattel, das sich im Tal befand. Das war merkwürdig.

»Bussarde«, sagte Seth, der die hässlichen Vögel, die über ihm kreisten, bemerkt hatte.

Sie brachten ihre Pferde zum Stehen und saßen da und blickten auf die Szene unten im Tal.

»Wie lange hat sie gesagt, wird Mr. Garza schon vermisst?«

»Zwei Wochen«, antwortete er. »Wenn das sein Pferd ist, warum ist er dann nicht nach Hause zurückgekehrt?«

Mit einem Seufzer gab Seth seinem Pferd die Sporen und ritt langsam den Hügel hinunter. »Schätze, wir sollten das besser überprüfen.«

Als sie auf das Pferd zuritten, drehte es sich um und wieherte ihnen entgegen. Die Stute schien fast dankbar zu sein, sie zu sehen. Das Tier war nicht angebunden, wie er befürchtete, sondern wartete geduldig auf seinen Besitzer.

Zuerst sahen sie die Leiche nicht, aber der Gestank machte sie darauf aufmerksam, dass sich etwas Totes in der Nähe befand. Dann sahen sie einen Fuß, der unter einem Busch hervorragte. Sein Körper war halb versteckt und in der Brust befand sich ein Einschussloch.

Die Leiche musste schon eine Weile dort liegen. Beide griffen nach ihren Tüchern und zogen sie über die Nase. Wenn man ständig mit Tatorten zu tun hatte, lernte man schnell, was sich als nützlich erwies.

»Woher wissen wir, ob das der Mann ist, der vermisst wird?«

»Das wissen wir nicht, und nein, Lily wird ihn nicht identifizieren. Sie wäre am Boden zerstört«, sagte Seth, schwang sein Bein über seinen Sattel und ließ sich zu Boden sinken. Er ging hinüber zum Pferd.

Eine schöne rote Stute, die wieherte, als er sich näherte.

»Ruhig Mädchen. Ich werde dir nichts tun«, sagte er leise.

Will schwang sein Bein über sein Pferd und seine Füße schlugen auf dem Boden auf. Er ging zu der Leiche und griff in die Taschen des Mannes. Er zog einen abgegriffenen Geldbeutel heraus, in dem sich ein Bündel Scheine befanden.

»War kein Raub«, sagte er.

Dann fand er einen Brief, der zusammengefaltet war. Schnell faltete er das abgenutzte Schreiben auf und las es.

»Es ist Garza«, sagte er. »Dies ist ein Brief seiner Schwester, in dem sie ihm vom Tod ihrer Mutter erzählt.«

»Das Brandzeichen auf dem Pferd stammt von der Sweet B Ranch«, sagte Seth und fuhr mit seiner Hand über die Haut des Pferdes. Das Tier zitterte.

Seth trat zurück, griff in seine Satteltaschen und zog einen Apfel heraus. Das hungrige Tier nahm die Frucht gerne an.

Der Gedanke, dass die Stute auf ihren Besitzer wartete, stimmte Seth traurig. Er mochte Tiere und konnte es nicht ertragen, wenn ihnen etwas zustieß. Seit dem Tod seines Hundes konnte er sich nicht mehr dazu durchringen, sich einen anderen anzuschaffen. Es tat zu sehr weh.

»Das Pferd hat sich von dem Flusswasser und dem Gras ernährt, verließ aber seinen Reiter nicht«, sagte er laut und wusste, dass das treue Tier heute Abend einen vollen Sack Hafer erhalten würde.

Er wandte sich von dem Tier ab und machte sich auf den Weg, um den verwesenden Körper zu betrachten.

»Er hat ein Einschussloch in seiner Brust«, sagte Will. »In seinem Geldbeutel ist Geld. Ich glaube nicht, dass er vorhatte zu sterben.«

Wut erfasste Seth. Jeder Mord erinnerte ihn daran, dass auch seine Familie nicht geplant hatte, in jener Nacht zu sterben. Wie schnell alles geschehen war, und er hatte nichts tun können, um es zu stoppen. Manchmal fühlte er sich wie ein Feigling, weil er nicht zu ihnen gelaufen und mit ihnen gestorben war, aber dann erinnerte ihn sein Herz daran, dass er ihre Mörder fangen musste.

»Suche nach einer Patronenhülse«, sagte Seth, als er begann, die Gegend zu durchsuchen. Das half ihm, seine Gedanken von seinen Erinnerungen abzulenken. »Es sei denn, der Schütze war weit weg und hat ihn rein zufällig getroffen, aber irgendwie glaube ich das nicht. Das hier sieht nach Mord aus.«

Die beiden Männer liefen durch das Gras, um die Gegend abzusuchen, und hielten nach etwas Glänzendem im Unkraut Ausschau. Zehn Minuten später bückte sich Will.

»Bingo, hier ist sie«, sagte er. »Eine Patrone aus einem Colt Peacemaker.«

»Behalte sie. Es wird interessant sein zu sehen, welche Art von Waffe Mr. White hat«, antwortete Seth.

»Was machen wir mit der Leiche?«

Das war eine Frage, über die Seth eigentlich nicht nachdenken wollte, aber er wusste, dass sie etwas tun mussten. »Wir gehen zurück zur Ranch und holen einen Wagen und kehren dann zurück, um ihn zum Haus zu bringen.«

Das Gesetz in dieser Stadt wurde oft missachtet, dass er nicht sicher war, ob er den Sheriff über den Mord informieren wollte, aber er wusste, dass er es tun musste.

»Ich bin mir sicher, dass Lily dem Mann ein ordentliches Begräbnis geben will«, sagte Will. »Sie wird traurig sein.«

»Was ist mit dem Sheriff?«

»Was soll mit ihm sein?«, sagte Will. »Lily sagt, er sei korrupt. Ich schlage vor, wir reichen einen Bericht bei den Texas Rangers ein. Wir können telegrafieren, dass wir einen Toten gefunden haben und dass wir nach seinem Mörder suchen.«

Seth schüttelte den Kopf, war der Meinung, dass das viel zu einfach war.

»Nachdem wir den Texas Rangers über den Mord berichtet haben, bitten wir sie, sich uns im Gebet anzuschließen. Wir werden es dem Sheriff sagen, nachdem wir das Telegramm gesendet haben. Ich denke, wir werden in diesem Fall Hilfe brauchen«, sagte Seth, dem klar war, dass sie es allein nicht schaffen würden, wenn der Sheriff von Mr. White bezahlt wurde.

»Du glaubst nicht, dass wir das allein bewältigen können?«

»Nein. Früher oder später wird Mr. White den Sheriff gegen

uns aufhetzen. Dann würde Lily versuchen, uns zu beschützen. Egal wie ich es auch betrachte, ich sehe nichts als Ärger auf uns zukommen«, sagte Seth.

»In Ordnung«, sagte Will. »Nachdem er Mr. Garza tötete, war sich Jim White wahrscheinlich ziemlich sicher, dass er die Ranch bekommen würde. Bis wir kamen.«

»Deshalb brauchen wir die Hilfe anderer Ranger. Wir werden einen Krieg auslösen.«

Die Vögel kreisten weiterhin über ihnen und warteten darauf, dass sie wieder verschwinden würden. Ein Gefühl der Traurigkeit überkam Seth. Nein, er kannte den Mann nicht, aber Lily hatte erzählt, dass er sie beschützte und ihr auf der Ranch geholfen hatte. Kein Mensch hatte es verdient, auf diese Weise zu sterben.

»Das macht mich noch nervöser, Lily allein auf der Ranch zu lassen. Komm schon, lass uns gehen. Wir werden zurückkommen und seinen Körpers holen, sobald wir einen Wagen haben«, sagte Seth.

»Lass uns ein paar Decken holen, um ihn einzuwickeln. Ich weiß, dass sie ihn sehr mochte und ich möchte nicht, dass sie ihn so sieht.«

»Absolut«, sagte Seth, führte Garzas Pferd zu seinem eigenen und band es an seinem Sattel fest. »Lass uns nach Hause gehen. Ich mag es nicht, lange weg zu sein.«

Mehr denn je erkannte er, wie gefährlich diese Situation wurde. Jim White würde alles tun, um die Sweet B in die Hände zu bekommen.

»Ich auch nicht. Vor allem zu wissen, dass jemand versucht, ihr die Ranch zu stehlen.«

Dreißig Minuten später, als sie auf den Hof ritten, traf Lily sie nackt an der Tür. Ihre großen Saphiraugen starrten das Pferd an. »Das ist Garzas Pferd. Dieses Tier liebte ihn. Wo ist Garza?«

Seth nahm sie in seine Arme und sie fing an zu weinen.

»Was ist passiert?«, rief sie.

Will zog sie in seine Arme. »Wir haben seine Leiche gefunden. Es tut mir so leid, er wurde ermordet, Lily.«

»Nein«, rief sie. »Warum stirbt jeder, den ich liebe?«

Das war eine Frage, die Seth noch nie zuvor in Betracht gezogen hatte, aber für sie musste es sich so anfühlen. Würde es auch ihm und Will so ergehen?

»Wir werden dich nicht verlassen. Niemand wird uns töten«, sagte Seth.

»Nicht einmal Jim White«, versicherte Will ihr.

Aber der Mann hatte eine Armee von Männern, einschließlich bezahlter Schläger. Seth wurde mehr denn je bewusst, dass er um Hilfe bitten musste.

FÜNFZEHNTES KAPITEL

Seth

Am nächsten Morgen warfen er und Will eine Münze, um zu sehen, wer in die Stadt gehen und wer im Haus bleiben würde, um ihre neue Frau zu trösten. Als Seth den Münzwurf gewann, fühlte es sich nicht wie ein Sieg an. Es fühlte sich an, als würde er verlieren, weil er gezwungen wurde, in die Stadt zu gehen.

Letzte Nacht war ihr Schlaf nicht von Plünderern unterbrochen worden, sondern von ihrer Braut. Sie hatten bis spät in die Nacht gefickt, ihre Frau befriedigt und sie davon abgehalten, über Garza zu weinen.

Heute Morgen ritt Seth mit seiner Stute in die Stadt, während Will zu Hause blieb, um Lily zu ficken und das Haus zu bewachen.

Als Seth in die Stadt Blessing ritt, kam ihm unwillkürlich der Gedanke, dass die kleine Grenzstadt der perfekte Ort für einen Revolverhelden war, der eine Bank überfallen wollte. Vielleicht sollte er noch einmal mit dem Banker sprechen, da er nun neue Informationen hatte.

Als er vor dem Büro des Sheriffs hielt, glaubte er Schreie zu hören. Er warf sein Bein über seinen Sattel und sprang auf den

Boden. Langsam ging er auf das Büro des Sheriffs zu und die zornigen Stimmen wurden lauter.

Als er die Tür öffnete, sah er zwei Männer mit finsteren Mienen vor dem Sheriff stehen. »Draußen bleiben, Mister«, sagte einer der Männer und hielt seine Hand hoch.

»Nein, diese Herren wollten gerade gehen«, sagte der Sheriff.

»Ich kann zurückkommen«, sagte Seth.

»Nein«, sagte der stattliche Mann, der hinter seinem Schreibtisch stand. »Wir sind fertig.«

Die beiden Männer starrten den Mann mit dem Abzeichen auf der Brust finster an. »Wir kommen wieder.«

»Wir sind fertig und das können Sie Ihrem Boss sagen«, sagte der Sheriff, dessen Hand neben seinem Waffengürtel schwebte.

Wer war ihr Boss?

Die Cowboys sahen eher wie Revolverhelden aus, als sie an Seth vorbeigingen. Plötzlich blieb der Erste stehen und drehte sich wieder um, um Seth anzustarren.

»Texas Ranger?«

Seth stand ihm gegenüber. »Ja.«

»Dein Partner hat dieses Mädchen auf der Sweet B Ranch geheiratet?«

»Ja«, sagte Seth. Er hasste es, dass er nicht zugeben konnte, dass sie auch seine Frau war.

Der Mann ging direkt auf Seth zu und starrte ihm in die Augen. »Verkaufen Sie die Ranch. Mr. White wünscht sich dieses Grundstück schon lange.«

Seth lächelte den Mann an, seine Hand nah an seiner Waffe. »Wie heißt du? Ich möchte einen Namen zu deinem Gesicht, damit ich dich das nächste Mal verhaften kann, wenn du meinen Partner und seine Braut belästigst.«

»Blackball Johnson«, sagte der Mann. »Mach dir keine Sorgen, Ranger, du wirst nicht lange genug leben, um mich zu verhaften.«

»Oh, noch besser, dann kann ich dich töten«, sagte Seth mit den Fingern auf seiner Waffe.

Die Männer waren Revolverhelden. Angeheuerte Schläger von der Big W Ranch.

»Seht zu, dass ihr aus meinem Büro verschwindet, bevor ich euch verhafte. Und sagt Jim White, dass ich verdammt noch mal Nein gesagt habe«, sagte der Sheriff, der seine Waffe gezogen und auf die Männer gerichtet hatte.

Der Mann grinste und ging aus der Tür. Er hatte das Gefühl, dass der Sheriff sie rauswarf, weil Jim ihn bat, etwas Illegales zu tun.

Wenn dir jemand Geld bezahlt, hat er dich in der Hand.

»Hurensöhne, anständige Menschen gibt es nicht mehr«, sagte der Sheriff und steckte seine Waffe wieder in sein Holster.

»Was kann ich für Sie tun, Ranger?«

»Seth Ingram.« Seth seufzte, als er dem Mann die Hand schüttelte. Jim Whites Schergen kamen, um dem Sheriff Befehle zu erteilen und das gefiel ihm ganz und gar nicht.

Seth sank auf einen Stuhl gegenüber dem Gesetzeshüter und studierte ihn. Vielleicht ließ sich der Mann ja gar nicht bestechen, sondern wurde vom Ranchbesitzer belästigt. Nein, er ließ sich bestechen.

»David Pettus«, sagte er. »Sheriff.«

»Ein paar Dinge. Erstens, was können Sie mir über Jim White erzählen?«

Die behaarten Brauen des Mannes zogen sich zusammen, als er Seth anstarrte. »Was wollen Sie wissen?«

»Alles.«

Der Sheriff lehnte sich in seinem Stuhl zurück. »Der Kerl ist widerspenstig. Vor etwa fünf Jahren kam er in die Stadt und kaufte eine kleine Ranch. Etwa fünfzig Hektar. Seitdem hat er es irgendwie geschafft, jede Ranch um ihn herum einzuschüchtern und zu bedrohen und mit Ausnahme der Sweet B zum Verkauf zu bringen.«

Jim White war die schlimmste Art von Mensch.

»Über ein Jahr lang hatte er Joe Bradley bedroht. Dann tötete das Gelbfieber alle auf der Sweet B außer Lily und Garza, ihrem Helfer.«

Seth nickte. Diesen Teil der Geschichte kannte er. »Wissen Sie, woher er kam?«

»Er sagte aus Tennessee.«

»Wussten Sie, dass seine Männer Lilys Vieh gestohlen und sie belästigt haben? Sie kamen mitten in der Nacht und griffen auch vorletzte Nacht an, aber Will und ich waren da.«

»Ich bin nicht überrascht. Er hat einige neue Männer angeheuert. Auch die, die gerade hier waren und mich bedroht haben. Die Sweet B ist in Gefahr«, sagte er und fuhr sich mit der Hand durch sein Haar. »Schauen Sie, ich will keinen Ärger in der Stadt, aber der Mann hat eine Armee, die für ihn arbeitet. Und einige sehen aus wie angeheuerte Schläger.«

»Das ist offensichtlich«, sagte Seth.

»Lily sollte an Jim White verkaufen. Dann würden vielleicht all diese Kerle die Stadt wieder verlassen.«

»Das wird nicht passieren«, sagte Seth, da er wusste, dass er und Will Lily und ihre Ranch beschützen würden.

Wie ein Blitz traf es Seth. »Wissen Sie, ob Calvin Smith für ihn arbeitet?«

Seth zog das Fahndungsplakat aus seiner Hemdtasche und hielt es so, dass der Sheriff es sehen konnte. »Er sieht vertraut aus. Moment mal, ist das nicht der Typ, der neulich die Bank ausgeraubt hat?«

»Ja«, sagte Seth.

»Ich weiß, dass Jim White seine Männer gut bezahlt, also warum sollte er unsere Bank ausrauben?«

Warum fühlte es sich an, als würde plötzlich alles zusammenkommen? »Ich weiß es nicht, aber ich bin auf dem Weg dorthin, um mit dem Banker zu sprechen und es herauszufinden.«

»George ist nutzlos. Manche sagen, Jim hat ihn in der Tasche.«

Seth schmunzelte. »Lustig, das ist auch das, was ich über Sie gehört habe.«

Der Mann schüttelte den Kopf. »Ich tue mein Bestes, um Jim White davon abzuhalten, diese Stadt zu kontrollieren. Aber als Mann mit tiefen Taschen fällt es mir schwer, nicht zur Seite zu treten und ihm die vollständige Kontrolle zu überlassen. Was die Leute nicht wissen, ist, dass er die meisten kleinen Unternehmen aufgekauft hat. Noch ein paar mehr und wir werden den Namen von Blessing in White ändern müssen.«

Der Sheriff bestätigte oder leugnete nicht, dass Jim White ihn unter seiner Kontrolle hatte. Ja, er hatte gesehen, wie der Mann argumentierte, aber wenn man gekauft und bezahlt wurde, musste man manchmal einen Job erledigen, den man nicht wollte.

»Eine andere Sache, über die ich Sie informieren muss. Wir haben Garza gefunden. Tot.«

»Scheiße«, sagte der Mann. »Wie ist er gestorben?«

»Einschussloch in der Brust. Von einem Colt Peacemaker.«

»Das war einer der Kerle«, sagte der Sheriff. »Nachdem er aus dem Weg geräumt war, dachten sie, Lily würde verkaufen. Aber diese Frau ist so stur wie ein Esel.«

Seth sagte kein Wort. Aber der Sheriff betrat gefährliches Terrain. Niemandem, nicht einmal einem anderen Gesetzeshüter, war es erlaubt, schlecht über seine Braut zu sprechen.

»Ich bin hier, um Calvin Smith zu fangen und ihn zurück nach Waco zu bringen, und wenn das bedeutet, die Stadt aufzuräumen, dann sei es so. Niemand wird Lily Parker noch länger belästigen, es sei denn, sie wollen sich unseren Waffen stellen.«

»Nun, ich bin auf Ihrer Seite und würde mich über jede Hilfe freuen, die Sie mir beim Aufräumen dieser Stadt geben können. Jim White muss verschwinden.«

Warum hatte Seth das Gefühl, dass der Mann mit gespaltener Zunge sprach?

Er stand auf, musste raus aus diesem Büro. »Wenn Sie etwas über Garzas Mörder erfahren, lassen Sie es mich wissen. Wir werden ihm ein anständiges Begräbnis geben, aber das bedeutet nicht, dass es vorbei ist. Ich bin auf der Suche nach seinem Mörder.«

»Viel Glück, Ranger«, sagte der Sheriff, als Seth aus der Tür ging. Er hatte das Gefühl, dass Jim White das Gesetz in dieser Stadt in der Hand hatte. Er bezweifelte, dass der Sheriff jemals nach dem Mörder des Mannes suchen würde. Und was noch wichtiger war, warum dachte er, dass die angeheuerten Kerle da gewesen waren, um den Sheriff davon zu überzeugen, ihnen zu helfen, die Sweet B zu bekommen?

Als er über die Straße zur Bank ging, wanderten seine Gedanken unwillkürlich zu dem Tag zurück, an dem sie Lily kennengelernt hatten, die mit einem Sack Bargeld in der Hand aus der Bank gerannt kam. Er war schockiert gewesen, eine Bankräuberin zu sehen, aber dann hatte der Banker die Situation schnell aufgeklärt.

Als er mit klirrenden Sporen die Bank betrat, saßen zwei Kassierer hinter Absperrungen, halfen Kunden und kümmerten sich um die Buchhaltung. Der Safe war hinter einer großen Tür eingeschlossen.

»Ist Mr. Elam verfügbar?«, fragte er einen Mann, der in der Lobby an einem Schreibtisch saß.

»Lassen Sie mich nachschauen. Und wen darf ich melden?«

»Texas Ranger, Seth Ingram«, sagte er, beobachtete das geschäftige Treiben in der Bank und fragte sich, wie ein Krimineller auf den Gedanken kam, dass er mit Raub davonkommen würde.

»Ranger«, sagte Mr. Elam, als er aus seinem Büro kam. »Bitte, kommen Sie rein.«

Seth nahm seinen Hut ab und betrat das Büro.

»Nehmen Sie Platz«, sagte er, während er sich selbst hinter einem großen, schweren Schreibtisch aus Eichenholz setzte. »Ich bin Ihnen und Miss Bradley so dankbar, dass Sie den Raubüberfall verhindert haben.«

»Der Mann, der Ihre Bank ausgeraubt hat, war Calvin Smith. Lily Bradley hat ihn identifiziert. Können Sie mir etwas über ihn erzählen?«

Der Bankier seufzte und schüttelte den Kopf. »Er ist einer von den angeheuerten Schlägern, die Jim White benutzt, um die Stadtbewohner hier einzuschüchtern. Wenn Sie ein Geschäft besitzen und sich weigern, an Jim zu verkaufen, dann stattet Mr. Smith Ihrem Unternehmen einen Besuch ab. Einen nicht allzu freundlichen Besuch.«

Das war interessant, aber stimmte es auch?

»Hat er versucht, die Bank von Ihnen zu kaufen?«

»Ja, er machte mir ein Angebot und ich lehnte ab. Warum um alles in der Welt sollte ich meine Bank an einen Mann verkaufen, der nichts anderes tun würde, als die Zinssätze für die Menschen in der Stadt in die Höhe zu treiben? Außerdem würde es ihm Zugang zu allen Krediten geben. Er könnte sie so zwingen, das Land zu verkaufen und es sich unter den Nagel reißen.«

Seth hatte nie daran gedacht, dass Lily einen Kredit auf dem Land haben könnte.

»Was ist mit Lily Bradley, die jetzt Lily Parker ist? Gibt es einen Kredit auf ihrer Ranch?«

»Oh nein, Joe Bradley hat niemandem etwas geschuldet. Deshalb ist es Jim White nicht gelungen, sein Land in die Hände zu bekommen. Das Grundstück ist schuldenfrei.«

Als Seth in dem reich verzierten Büro des Bankiers saß, fragte er sich, ob er ihm die Wahrheit sagte. Sowohl der Bankier als auch der Sheriff hatten ihm gesagt, dass Jim White die Viehzüchter unter Druck setzte, ihr Land zu verkaufen, sogar die Geschäftsinhaber der Stadt.

»Dennoch sagte Lily, dass Sie sich geweigert haben, ihr das Geld vom Konto ihres Vaters zu geben.«

»Ja, ich habe darauf gewartet, dass sie heiratet.«

Das ergab keinen Sinn.

»Aber es gab keinen Ehemann in ihrer Zukunft. Wie konnten Sie das also erwarten?«

Der Mann bewegte sich unbehaglich in seinem Stuhl und dann seufzte er. »Jim White sagte, sie würde seinen Sohn Matt heiraten. Dass jetzt jeden Tag die Verlobung bekannt gegeben würde und dass ich ihr kein Geld geben darf.«

Seth musste sich zusammenreißen, dem Mann nicht mitten ins Gesicht zu schlagen.

»Haben Sie Lily gefragt, ob das wahr ist?«

»Nein«, sagte er.

»Sie hätte wegen Ihnen verhungern können. Es gab keine Verlobung. Sie sagte Jim, dass sie lieber sterben würde, als seinen Sohn zu heiraten. Es war nur sein Versuch, sie zur Ehe zu zwingen und ihr Land zu bekommen.«

Der Mann nickte. »Das ist mir jetzt auch klar. Erst nach dem Banküberfall, einem Akt, der mich zum Verkauf zwang, wurde mir klar, dass Jim White alles tun wird, was er für notwendig hält, um zu bekommen, was er will.«

Seth stand auf. »Mr. Elam, Sie werden Lily Parker jetzt erlauben, die Summe, die sie braucht, von den Konten ihres Vaters abzuheben.«

»Oh ja, sagen Sie ihr, dass ich mich darauf freue, sie in der Bank begrüßen zu dürfen.«

Seth schüttelte den Kopf. »Ich will nie wieder hören, dass Sie jemandem Geld vorenthalten, oder ich werde persönlich hierher kommen und sicherstellen, dass wir Ihre Bank schließen. Haben Sie mich verstanden?«

»Ja, Sir. Natürlich.«

Seth drehte sich um und verließ das Büro des Bankiers. Warum verhielten sich die Menschen wie Narren, wenn es um das Geld anderer Leute ging? Man könnte meinen, der Bankier glaubte, das Bargeld anderer Leute sei sein eigenes.

Seth sah zur Sonne auf und schätzte, dass er noch etwa eine Stunde Zeit hatte, bevor er auf die Ranch zurückkehren musste. Aber zuerst wollte er einige der Geschäftsinhaber fragen, ob sie von Jim White zum Verkauf gezwungen worden waren.

Nachdem er in fünf Läden gegangen war und erfahren hatte, dass sie nun alle Jim White gehörten, hatte er genug gehört. Er schwang sich auf sein Pferd und ritt zurück zur Sweet B, bereit, seine Frau zu sehen und Will zu erzählen, was er herausgefunden hatte.

Eine ungute Vorahnung überkam ihn, als er aus der Stadt ritt. Er hatte richtig daran getan, die Texas Rangers zu kontaktieren und um Hilfe zu bitten.

SECHZEHNTES KAPITEL

Lily

Lily machte sich Sorgen um Seth, bis sie hörte, wie er die Haustür öffnete und das Haus betrat. Sie war mit Will im Obergeschoß und wieder einmal am Ficken, doch dieses Mal waren sie nur zu zweit und sie vermisste Seth.

Während Will der grüblerische, geheimnisvolle Mann war, war Seth eher ein unbeschwerter und lustiger Typ. Derjenige, der sie beim Abendessen zum Lachen brachte und nachts vor Ekstase stöhnen ließ.

Will lächelte selten und oft sah sie ihn in die Ferne blicken, als würde er in Gedanken eine Wiederholung von etwas sehen, das ihn beunruhigte.

Die Schlafzimmertür öffnete sich, und ihr Blick fiel auf ihren Mann. Ein sanftes Lächeln breitete sich über ihr Gesicht aus, während Will ihre Muschi mit seinem Schwanz füllte.

Ein Schlag auf ihren Hintern richtete ihren Fokus wieder auf ihn und seinen Schwanz. Sie hörte, wie Seth seine Kleider ablegte und sich dann neben ihr auf das Bett legte.

Er streckte die Hand aus und zwickte ihre Brustwarzen und er küsste sie so innig, dass sie förmlich zerfloss.

»Seth«, stöhnte sie gegen seinen Mund. »Ich habe dich vermisst.«

»Liebling, warum wusste ich, dass ihr beide das ohne mich tun würdet?«

»Es war rein Wills Idee, nicht auf dich zu warten«, flüsterte sie.

Klatsch, seine Hand traf auf ihren Po und sie seufzte, als Lust sie erfüllte. Ihre Ehemänner waren jetzt ihr Leben und sie konnte es kaum erwarten, bis sie eine Familie hatten. Kinder.

»Du warst diejenige, die den ganzen Tag nackt war, während du gekocht und geputzt hast. Hast deine Brüste und deinen Arsch geschüttelt und mich förmlich angefleht, dich flachzulegen.«

»Das habe ich nicht«, stöhnte sie.

Seth glitt unter sie und Will war über ihr. Sie war zwischen ihren Männern gefangen und es fühlte sich richtig an. Hier gehörte sie hin, umgeben von ihren Männern.

»Nun, jetzt bin ich zu Hause und kann es kaum erwarten, meinen Schwanz in deiner Muschi zu vergraben«, flüsterte Seth in ihr Ohr. »Zu fühlen, wie du meinen Schwanz aufnimmst und melkst.«

Allein die Worte reichten aus, um sie immer näher an den Rand zu bringen. »Ich auch.«

Will lehnte sich zurück und schob seinen Schwanz immer wieder in sie hinein. »Ich komme«, stöhnte er. »Du kannst wieder kommen.«

Das war alles, was sie brauchte, ihr Körper vibrierte und sie stöhnte und pulsierte. Sie fühlte, wie er ein letztes Mal in sie hineinfuhr und sich an ihre Hüften klammerte, während er seinen Samen in ihr verströmte und damit ihre Muschiwände bedeckte.

Bevor sie Luft holen konnte, tauschten sie die Plätze. Er rollte sich unter sie und Seth nahm sie von hinten.

Sie spürte seine Finger an dem Analplug. »Bald werden wir dieses Gerät nicht mehr benötigen. Bald werden wir dich gemeinsam nehmen. Ich kann es kaum erwarten, wenn wir dich endlich gleichzeitig beanspruchen, dich wirklich zu unserer machen.«

Seth schnappte nach Luft und zog ihn aus ihrem Körper und ließ sie leer zurück. Plötzlich vermisste sie das Gefühl, gefüllt zu sein. Etwas in ihrem Arsch und in ihrer Muschi zu haben.

Er griff hinter sich und hob einen anderen hoch. »Der vorletzte, Lily Darling.«

Seine Finger tauchten in ihre Rosenknospe ein und drehten sich, während er langsam begann, den größeren Plug in ihren Po zu schieben und die kleine Nervenknospe zu reiben. Hitze durchströmte sie, als sie nach Luft schnappte und stöhnte.

Wieder spürte sie, wie sich das Feuer in ihr aufbaute. Sie spürte, dass ihr Verlangen größer wurde. Beide Männer waren unterschiedlich in ihrem Liebesspiel. Beide gaben ihr etwas, das sie noch nie erlebt hatte. Mit Seth wusste sie, dass sie einen langsamen, harten Fick bekommen würde, der sie erschöpft zurücklassen würde.

Mit Will war es hart und schnell und er würde sie schnell zum Höhepunkt bringen.

Als der neue größere Plug endlich in ihr war, schlug er ihr auf den Hintern. »So. Jetzt möchte ich, dass du meine Hoden in die Hand nimmst, während ich in dich eindringe.«

Das war etwas Neues und sie tat, was er verlangte, hörte seinem Stöhnen zu, während sie seine Hoden fühlte, sie in ihrer Handfläche bewegte und sie streichelte, während er langsam in sie stieß. Sie war schlüpfrig und nass vor Sehnsucht nach ihm und Will.

»Drücke mich, Liebling und ich reibe deine Klitoris.«

Sie tat, was er verlangte, seine Finger glitten durch ihre schlüpfrigen Falten, bis er ihre Lustknospe fand und sie zum Stöhnen brachte, als er in ihre Klitoris kniff und sie massierte.

Will richtete sich leicht auf, nahm ihre Brüste in seinen Mund, saugte und leckte an ihren Brustwarzen.

Sie lagen Haut an Haut, Will unter ihr und Seth hinter ihr, dessen Hand zu ihrem Hintern wanderte und ihn liebkoste. Dann schlug er zuerst auf die eine Pobacke und dann auf die andere.

Wie konnte sich etwas, das eigentlich schmerzhaft sein sollte, so gut anfühlen? Warum wollte sie mehr? Sie drehte sich um und blickte voller Verlangen in seine smaragdgrünen Augen. »Mach es noch einmal.«

Er grinste sie an und anstatt zu tun, was sie verlangte, drückte er auf den Analplug. Ein Lustkrampf erschütterte sie und dann schlug seine Handfläche auf eine Pobacke und dann auf die andere.

»Seth«, rief sie, weil sie wusste, dass sie nicht mehr lange durchhalten konnte.

»Mach weiter, Liebling. Komm über meinen ganzen Schwanz.«

Wieder drehte er den Analplug und drehte ihn so lange, bis sie stöhnte und das Gefühl der Fülle sie näher an den nächsten Höhepunkt brachte. Hitze breitete sich kribbelnd und spiralförmig von ihrem Arsch zu ihrer Muschi aus, als sie ihn und den Plug zusammenpresste und sich vollgestopft fühlte. Würde es sich so anfühlen, wenn beide sie nehmen würden?

Klatsch, seine Hand traf eine Pobacke und dann die anderen zwei Mal hintereinander und sie schrie auf, als Leidenschaft ihren Körper erschütterte, ihr Orgasmus sie überrollte und sie von innen heraus zerriss.

Will griff nach unten und packte ihre Klitoris, um das Vergnügen hinauszuzögern.

»Oh, Will«, rief sie und ihr Körper vibrierte. Ihre gut aussehenden, fruchtbaren Ehemänner hatten sie unter ihrer Kontrolle. Und schon konnte sie spüren, wie sie anfing, sich in sie zu verlieben. Sie waren mit einem Knall in ihrem Leben gelandet und sie fühlte sich so glücklich, ihre Frau zu sein. Denn ohne sie fürchtete sie, was mit ihr geschehen wäre.

Nachdem sie gekommen war, wollte sie sich nur noch auf das Bett legen und schlafen.

Aber sie konnte fühlen, wie Seth immer noch in ihre Muschi stieß. Sie spannte ihre Muskeln an und umklammerte seinen Schwanz so fest sie konnte.

»Liebling, mach das noch einmal«, stöhnte er.

Und sie tat es immer und immer wieder, bis sie spürte, wie sein Samen in ihr explodierte. Mit einem Stöhnen brach er auf ihrem Rücken zusammen und rollte sie beide zur Seite. Will war direkt neben ihr und sie kuschelte sich an ihre Männer.

Dankbarkeit erfüllte sie, als sie daran dachte, dass sie so lange allein gewesen war, und jetzt hatte sie diese beiden Männer. Sie hätte sich nie träumen lassen, dass die Ehe so gut sein würde.

Nach ein paar Minuten schweren Atmens und dem Geruch von Sex, der noch in der Luft hing, streckte sie die Hand aus und streichelte ihre Wangen. »Wisst ihr, wie glücklich ihr mich macht?«

»Hoffentlich so sehr, wie du uns glücklich machst«, sagte Seth.

Will lächelte. »Genug, dass ich bereit bin, dich wieder zu ficken.«

»So sehr ich Will auch zustimme, wir müssen uns über ernste Dinge unterhalten. Ich habe Informationen über Jim White und es sind keine Guten.«

Will stöhnte. »Verdammt, aber ich hasse es, wenn du plötzlich zum Geschäft übergehst.«

Lily streichelte beide. »Wie wäre es, wenn wir den Braten essen, den ich zubereitet habe, und danach blase ich eure Schwänze.«

Die beiden Männer sprangen aus dem Bett und dann halfen sie ihr beim Aufstehen.

»Essen und Sex, was könnte besser sein als das?«, sagte Will.

»Ihr Männer könnt reden, während ich den Tisch decke«, sagte sie.

Seths Hand streichelte ihren Po und dann gab er ihr einen Klaps. »Schnell Schatz. Ich bin begierig darauf, deine Lippen um meinen Schwanz zu spüren.«

Sie lächelte ihn an, erhob sich dann und küsste seine Lippen. »Seth, du machst mich glücklich.«

SIEBZEHNTES KAPITEL

Lily

Am nächsten Morgen erhob sie sich aus dem Bett und eilte in die Küche. An diesem Morgen wollte sie sicherstellen, dass ihre Männer ein gutes Frühstück hatten, bevor sie das Haus verließen, um Jim zu konfrontieren.

Letzte Nacht hatten sie stundenlang im Bett gelegen und über Jim White gesprochen. Sie waren die Möglichkeiten durchgegangen, wer mit an dem Komplott beteiligt sein könnte, ihr die Sweet B wegzunehmen und wer Garza getötet hatte. Sie hatte sie angefleht, nicht zu seinem Haus zu gehen, aber da sie texanische Gesetzeshüter waren, würden sie nicht vor einem Kampf zurückschrecken.

Und obwohl sie das respektierte, fürchtete sie auch um ihr Leben. Jim würde es nichts ausmachen, ihre Ehemänner zu töten, um an sie heranzukommen. Um ihr Land zu nehmen. Und sie würde es ihm geben, um ihre Männer zu beschützen.

Aber letzte Nacht hatten sie ihr Angebot abgelehnt, das Land zu verkaufen.

Als sie am Herd stand, presste sich ein harter männlicher Körper an ihren Rücken, ein Schwanz, bereit und willig.

»Guten Morgen, Liebling«, sagte Seth.

»Guten Morgen«, flüsterte sie, als sie sich in seinen Armen umdrehte und zu ihm aufblickte. »Bist du hungrig?«

»Ich bin immer hungrig nach dir. Aber Essen klingt gut.«

Sie lächelte und schlang ihre Arme um seinen Hals und suchte mit ihrem Mund nach seinen Lippen für einen Kuss. Allein das Gefühl, dass er sich gegen sie presste, reichte aus, um sie dazu zu bringen, ihn wieder zu wollen. Wenn sie könnte, würde sie alle ihre Waffen einsetzen, um ihre Männer davon abzuhalten, sie heute zu verlassen.

»Was ist mir entgangen?«, sagte Will, als er die Küche betrat.

Seth löste sich von ihr und flüsterte: »Ich dachte gerade daran, Lily genau hier auf den Tisch zu legen. Sie zu spreizen und sie zum Frühstück zu vernaschen.«

»Ich bin dabei«, sagte Will.

Würden die beiden dann hier bleiben? Sie begann, ihr Kleid auszuziehen, das sie beim Kochen tragen durfte, um sie vor Ölverbrennungen zu schützen. Mit einem Seufzer legte Seth seine Hand auf ihre und hielt sie auf.

»Schatz, nicht heute Morgen. Aber eines Tages werde ich dich auf diesen Tisch legen und dich zum Frühstück vernaschen.«

Ein Seufzer entwich ihr. Heute Morgen waren sie fest entschlossen, Jim White zu konfrontieren. Schnell knöpfte sie ihr Kleid wieder zu.

Sie lachte nervös und ihr Herz zog sich schmerzhaft zusammen. »Die Eier sind fast fertig. Die Pancakes und der Speck sind fertig oder ich würde auch auf dein Angebot eingehen. Setz dich hin und lass mich dir etwas auf den Teller tun.«

»Ich hasse es, wenn gutes Essen verschwendet wird«, sagte Seth. »Ich denke, wir brauchen für heute unsere ganze Kraft.«

Entsetzen überkam sie bei dem Gedanken, ihre Männer zu verlieren. Sie waren gerade erst in ihr Leben getreten und sie wollte nicht, dass das, was sie zusammen hatten, bereits wieder endete.

Letzte Nacht hatte sie ihre Gefühle mehr als deutlich gemacht und sie weigerten sich dennoch nachzugeben. Ob sie wollte, dass sie gingen oder nicht, sie würden Jim heute konfrontieren.

Schnell trug sie das Essen auf und brachte ihnen jeweils einen Teller zum Tisch.

»Esst«, sagte sie.

Dann nahm sie sich selbst einen Teller und setzte sich. Sie hatten noch keinen Bissen gegessen und warteten auf sie.

»Wenn niemand etwas dagegen hat, würde ich gern einen Segen sprechen«, sagte Will.

»Ein Gebet ist gut«, flüsterte sie und freute sich, dass sie religiöse Männer waren.

»Lieber Herr, sei heute mit uns, wenn wir versuchen, Gerechtigkeit in das Land zu bringen. Beschütze und behüte uns und sei an unserer Seite. Amen.«

Seth sah ihn an. »Du hast vergessen, ihm danke für unsere Frau zu sagen.«

»Oh, das habe ich jeden Abend getan, seit wir sie geheiratet haben.«

Lily schüttelte den Kopf. »Und ich hatte schon befürchtet, dass ihr keine gottesfürchtigen Männer seid.«

»Das sind wir, gnädige Frau. Wir sind beide in der Kirche aufgewachsen. Unsere Kinder werden auch zur Kirche gehen«, sagte Will und stocherte in seinen Eiern.

Erleichterung durchflutete Lily. Ja, ihr Leben war nicht gewöhnlich, aber sie war so erleichtert zu hören, dass ihre Kinder in die Kirche gehen würden.

»Während wir weg sind, sollst du nicht nach draußen gehen«, sagte Seth. »Es ist mir völlig gleichgültig, was los ist, verlasse nicht das Haus. Sorg dafür, dass du ein Gewehr griffbereit hast. Wenn das kein Job für uns beide wäre, würde einer von uns hierbleiben.«

Sie leckte sich über die Lippen und ließ den Kopf hängen.

»Seit sechs Monaten bin ich allein auf dieser Ranch. Ich habe keine Angst.«

Will legte seine Gabel nieder und nahm ihre Hand. »Diese Männer sind böse. Sie sind gefährlich und wir fürchten, dass sie dich entführen. Sie wissen, dass du geheiratet hast, also werden sie jetzt zu verzweifelten Maßnahmen greifen. Und wenn sie uns alle drei töten könnten, dann wäre es kein Problem für sie, die Ranch zu bekommen. Das hier ist einer der Momente, wo du uns gehorchen musst. Wir passen auf dich auf.«

Seine Worte trieben ihr Tränen in die Augen. Warum konnte Jim White sie nicht einfach in Ruhe lassen, sodass sie in Frieden leben konnte? Alles, was sie wollte, war, eine Familie zu gründen und diesen Männern eine gute Frau zu sein. Und auch wenn sie ihnen gehorchen wollte, würde sie auch ihr Zuhause beschützen, während sie weg waren.

»Er hat recht, Lily. Zuvor hatten sie noch eine Chance, dich entweder zur Ehe oder zum Verkauf des Grundstücks zu zwingen. Jetzt wissen sie, dass das nicht passieren wird. Geh nicht allein nach draußen.«

Will drückte kurz ihre Hand und ließ sie dann los. Sie starrte auf das Essen auf ihrem Teller und war plötzlich nicht mehr hungrig.

»Versprecht mir, dass ihr zurückkommen werdet. Versprecht mir, dass ihr nicht zulassen werdet, dass Jim White mich zur Witwe macht«, sagte sie, als Tränen ihre Augen füllten. »Ich habe solche Angst, dass euch etwas zustößt.«

Ihre Männer standen auf und gingen um den Tisch herum zu ihr. Sie nahmen ihre Hand und zogen sie hoch. Dann schlangen beide ihre Arme um sie. Sie war plötzlich von ihnen umgeben und fühlte sich so geliebt.

Seth küsste sie auf den Mund. »Nichts wird mich davon abhalten, zu dir nach Hause zu kommen, süße Lily. Du bist unsere Frau, unsere Ehefrau. Ich würde nach Hause zu dir kriechen, wenn ich muss.«

»Lily, wir sind gute Gesetzeshüter. Wir beschützen dich, unsere Kinder und unser Zuhause. Wir würden unser Leben geben, um sicherzustellen, dass du in Sicherheit bist. Mach dir keine Sorgen, wir kommen wieder.«

In ihren Armen hatte sie das Gefühl, dass nichts ihrer Welt schaden könnte. Sie waren zusammen, sie waren in Sicherheit, und doch blieb dieser winzige nagende Zweifel in ihrer Magengrube.

»Seid vorsichtig«, sagte sie.

»Versprochen«, sagte Will, als er sie küsste.

»Ich brauche meine Männer.«

Sie grinsten sie an.

»Zeit für uns zu gehen. Bleib im Haus und pass auf dich auf.«

Mit Tränen in den Augen beobachtete sie, wie sie aus der Tür gingen. Bald ritten sie von der Ranch und ließen sie in bleierner Stille zurück.

Nachdem sie weg waren, machte sie sich daran, die Küche zu putzen, ein Huhn für das Abendessen zu braten und allerlei Dinge im Haus zu tun. Alles, um sie von der Tatsache abzulenken, dass ihre Männer sich auf eine gefährliche Mission begeben hatten.

Sie traute Jim White nicht und selbst wenn Will und Seth eine Kavallerie hinter sich hätten, wäre sie besorgt.

Oben machte sie das Bett und erinnerte sich daran, wie sie bis in die frühen Morgenstunden Spaß miteinander hatten. Als junges Mädchen hatte sie sich nicht einmal träumen lassen, einmal zwei Ehemänner zu haben, aber jetzt konnte sie sich ein Leben ohne ihre Männer nicht mehr vorstellen.

Das Geräusch von Schüssen ließ sie hochfahren. Sie warf einen Blick aus dem Schlafzimmerfenster im Obergeschoss und sah den Mann, der die Bank ausgeraubt hatte, Calvin Smith, der im Hof herumritt und seine Waffe abfeuerte.

»Oh, Lily, wo bist du? Ich weiß, dass du allein bist.«

Was sollte sie tun? Ihre Ehemänner hatten gesagt, sie solle

nicht nach draußen gehen, und doch war hier dieser Gesetzlose, von dem sie wusste, dass er ihr etwas tun würde, wenn sie nichts unternehmen würde. Wie konnte sie ihn loswerden?

»Ich werde das Haus niederbrennen, wenn du nicht nach draußen kommst.«

»Den Teufel wirst du«, sagte sie und rannte die Treppe hinunter. Zumindest heute hatten sie ihr erlaubt, Kleidung zu tragen. Wenn sie nackt gewesen wäre, hätte sie Zeit gebraucht, um sich anzuziehen.

Unten angekommen, griff sie nach ihrem Gewehr und schrie dann durch die zerbrochene Scheibe.

»Wenn du irgendetwas versuchst, wird meine Kugel in deiner Brust landen.«

Er grinste. »Ich wusste, dass du hier bist. Sah die Texas Rangers ohne dich davonreiten. Du bist allein. Wir könnten Spaß haben, während sie weg sind.«

»Nur über meine Leiche«, murmelte sie vor sich hin.

Er verschwand, und als er zurückkehrte, hatte er Garzas Pferd. Das arme Tier hatte so viel durchgemacht. Was hatte er mit der Stute vor? Das Pferd war gesattelt und bereit für einen Reiter.

»Komm raus oder ich werde diese Stute erschießen.«

Auf gar keinen Fall würde sie ihm erlauben, einem ihrer Tiere Schaden zuzufügen.

»Nein«, schrie sie. »Lass dieses Pferd in Ruhe, es sei denn, du willst sterben.«

Hysterisches, wahnsinniges Gelächter erschallte und dann ritt er zu dem Tor, wo das Vieh gehalten wurde, öffnete es und fing an, seine Waffe über dem Vieh abzufeuern.

Ohne nachzudenken rannte sie nach draußen, von der Veranda in den Hof, um ihn davon abzuhalten, all ihr Vieh in die Flucht zu jagen.

»Stopp«, schrie sie.

»Oh, jetzt bist du doch rausgekommen, um zu spielen.«

Sie hob ihr Gewehr und eine Kugel schlug ihr die Waffe aus der Hand. Fassungslos beobachtete sie, wie sein Pferd auf sie zu galoppierte. Sie hob ihre Röcke und rannte, aber bevor sie die Tür erreichen konnte, sprang er von seinem Pferd und packte sie.

»Oh nein, du gehst nirgendwohin ohne mich. Wir werden einen kleinen Ausritt unternehmen. So wie ich und Garza einen Ausritt unternommen haben. Nur kam er nicht zurück, oder?«

Angst durchströmte sie. Calvin hatte Garza getötet. Er war der Grund, warum ihr Vorarbeiter tot war.

»Er war mein Freund«, rief sie.

»Steig auf sein Pferd«, befahl er.

»Nein, das tue ich nicht«, sagte sie.

»Gut, dann erschieße ich dich gleich hier.« Er richtete seine Waffe auf sie und sie wusste, dass sie keine andere Wahl hatte, als zu tun, was er sagte. Sie war nicht bereit zu sterben. Ihr Leben mit ihren Ehemännern war ihr zu wichtig.

»Willst du, dass dein Mann deine Leiche im Hof findet?«

Mit einem Seufzer trat sie in den Steigbügel von Garzas Pferd.

»In Ordnung, ich gehe mit dir, aber du solltest besser wissen, dass du, wenn mein Mann und Seth zurückkehren, ein toter Mann sein wirst.«

»Der einzige Weg, die Sweet B zu bekommen, ist, euch drei zu töten und ich bin der richtige Mann für den Job.«

Angst verschlang sie und sie wandte ihr Gesicht von Calvin ab. Der Mann war verrückt. Nun lag es an ihr, lange genug am Leben zu bleiben, damit Will und Seth sie finden konnten.

Unfähig, etwas anderes zu tun, warf sie ein letztes Mal einen Blick zurück auf das Haus, als er ihr die Hände fesselte, die Zügel in die Hand nahm und auf sein Pferd kletterte.

Ihr Herz brach, als sie auf den Ort blickte, an dem sie aufgewachsen war und den sie ihr ganzes Leben lang geliebt hatte. Würde sie ihn jemals wieder sehen? Würde sie ihre Männer jemals wiedersehen?

Will

Als sie auf das Grundstück ritten, starrte Will auf das große Haus, die opulente Scheune und die anderen Anzeichen von Reichtum, die ihm sofort verrieten, dass das Big W eine reiche Ranch war. Kühe muhten von einer nahe gelegenen Weide und Will fühlte ein kleines bisschen Neid.

Die Sweet B war eine tolle Ranch, aber nichts im Vergleich zu dieser. Feine Pferde grasten auf einer Weide und eine andere war mit Ziegen gefüllt. Überall, wo man hinschaute, waren Männer auf Pferden und sie alle starrten die beiden Ranger an.

Ein Cowboy kam ihnen auf dem Weg zum Haus entgegen. »Ranger, was kann ich für euch tun?«

»Wir sind hier, um Mr. White zu sehen«, sagte Will, der sein Pferd zügelte. »Sagen Sie ihm, dass die Texas Rangers mit ihm sprechen wollen.«

Der Mann nickte. »Folgt mir.«

Sie folgten ihm an nicht nur an einer, sondern an zwei Scheunen vorbei und dann einen Weg hinauf zu einem zweistöckigen Haus mit weißen Säulen. Ein Herrenhaus mitten in der texanischen Prärie.

Als sie vor dem Haus anhielten, glitt der Cowboy von seinem Pferd. »Wartet hier. Ich werde Mr. White wissen lassen, dass ihr hier seid.«

Nachdem er durch die Tür gegangen war, drehten sie sich um und sahen sich an.

»Schicker Ort«, sagte Seth.

»Wenn einem die halbe Stadt gehört, kann man sich einen Ort wie diesen leisten.«

Sie warteten, schauten sich um, bemerkten den Viehtreiber, der mit dem Vieh arbeitete, und ein neues Gebäude, das in der Ferne errichtet wurde.

»Ich frage mich, wofür das da ist?«

»Mein Sohn«, sagte eine Stimme hinter ihnen. Will schauderte alarmiert. Seit ihrem letzten Treffen hatte er sich mehrmals gefragt, ob White seinen Vater gekannt hatte.

Sein Vater hatte sich entschieden, nichts mit ihm zu tun haben zu wollen, und das würde auch so bleiben.

»Tut mir leid, ich war in der Geburtsscheune. Wir haben einige neue Kälber bekommen und ich habe nach den Mutter-Kühen geschaut. Wie kann ich Ihnen helfen, meine Herren?«

Seth stieg aus seinem Sattel und seine Füße landeten hart auf dem Boden. »Wir suchen einen Calvin Smith. Ich habe gehört, dass er für Sie arbeiten könnte.«

Der Mann zuckte mit den Schultern. »Nicht, dass ich wüsste. Ben, kennst du einen Calvin Smith?«

Der Mann runzelte die Stirn, er nahm seinen Hut ab und fuhr mit der Hand durch sein Haar. »Nicht, dass ich wüsste. Ich habe keinen Mann mit diesem Namen eingestellt. Unsere Männer sind Einheimische. Wir bieten den Männern in der Gemeinde Arbeitsplätze an.«

»Warum suchen Sie ihn?«, fragte Mr. White.

»Mord, bewaffneter Raub.«

»Whoa«, sagte der Vorarbeiter namens Ben.

»Die Leute in der Stadt sagten uns, er würde für Sie arbeiten.

Dass Sie einen Revolverhelden angeheuert haben. Stimmt das?«, fragte Seth.

Die Ladenbesitzer hatten ihm erzählt, dass Jim White sie gerne einschüchterte, dass er sie dazu bringen wollte, ihr Geschäft zu verkaufen, indem er seinen angeheuerten Schützen benutzte, um sie zu bedrohen. Sie drohten nicht nur, sondern zwangen sie sogar mit der Pistole zur Unterwerfung. Leider glaubte er ihnen.

»Nun, Ranger, warum um alles in der Welt sollte ich einen Revolverhelden einstellen? Die Menschen in der Stadt lieben mich. Sie schätzen, was ich für sie tue. Man hat euch einen Bären aufgebunden. Ich denke, ihr seid darauf hereingefallen. Mein Vater würde das als Beschäftigungstherapie bezeichnen.«

Einem Texas Ranger zu sagen, dass er sich irgendetwas ausdachte, nur um beschäftigt zu sein, kam nie gut an, und sofort wollte Will dem Mann seine Faust ins Gesicht schlagen. Aber er blieb ruhig und schenkte dem Mann ein falsches Lächeln.

»Eine letzte Frage, Mr. White. Gehören Ihnen die meisten Geschäfte in der Stadt und üben Sie Druck auf den Bankier aus, damit er verkauft?«

Der Mann lachte laut. »Ich bin Geschäftsmann und die Stadt Blessing bietet einige gute Möglichkeiten. Ich würde gerne die Bank kaufen. Dann könnte ich den Geldfluss in der Stadt kontrollieren. Aber der alte George Elam ist eine harte Nuss.«

Seth nickte. »Wenn wir also Calvin Smith finden und er zugibt, dass Sie ihn bezahlt haben, um die Bank auszurauben, wäre das eine komplette Lüge?«

Der Mann schüttelte den Kopf und schenkte ihnen ein Lächeln, das sein Gesicht zu einer grimmigen Fratze verzog. »Sicher, ich würde gerne die Bank kaufen, aber ich werde nicht von ihr stehlen. Warum sollte ich das tun?«

Will wusste genau, warum. Um den Bankier zu zwingen, sein Geschäft aufzugeben. Aber gerade jetzt wollte er nicht zu viel von seinen Vermutungen preisgeben. Manchmal war es am besten, dem Verdächtigen gerade genug Leine zu geben, damit er sich daran erhängen konnte.

»Wenn wir etwas anderes hören, kommen wir wieder. Wenn Sie in der Zwischenzeit Calvin Smith sehen, richten Sie ihm aus, dass wir mit ihm sprechen wollen.«

Als würde er kommen und mit ihnen reden. Will wusste es besser, aber es schadete nicht, wenn der Feind einen unterschätzte.

»Danke, dass Sie vorbeigekommen sind, Rangers. Ich hoffe, ihr habt die Viehdiebe erwischt, die Lilys Vieh gestohlen haben.«

Will würde seinen nächsten Gehaltsscheck darauf verwetten, dass Jim White der Viehdieb war, der ihr Vieh genommen hatte, um ihr zu beweisen, dass sie seinen Sohn heiraten musste.

»Keine Sorge, wir werden sie erwischen. Oh, aber wir haben die Leiche von Garza gefunden, ihres Helfers. Jemand hat ihn ermordet.«

Der Mann leckte sich die Lippen. »Was für eine Schande. Er war ein guter Mann. Ich hasse es wirklich, das zu hören.«

»Was für eine Pistole haben Sie?«

Der Mann runzelte die Stirn. »Eine Winchester. Warum?«

»Wer auch immer ihn erschossen hat, benutzte einen Colt Peacemaker.«

Jim grinste. »Ich bin nicht euer Mann. Viel Erfolg bei eurer Suche.«

»Sie sind vielleicht nicht unser Mann, aber das bedeutet nicht, dass einer ihrer angeheuerten Schläger nicht der Mörder ist«, sagte Will.

»Nein, aber bis ihr mehr Beweise habt, spielt es keine Rolle. Jetzt denke ich, ist es Zeit für euch zu gehen. Oh, da fällt mir gerade etwas zu dem Namen Parker ein. Früher habe ich eine Frau namens Parker gefickt.«

Will wusste, dass der Mann versuchte, ihn zu ärgern, aber er würde nicht darauf eingehen. Es war ihm egal, ob der Mann sein Vater war. Er würde niemals behaupten, sein Sohn zu sein.

»Niemand, den ich kenne, würde sich tot mit Ihnen erwischen lassen«, sagte Will leise.

Das Gesicht des Mannes wurde rot, als Seth wieder in seinen Sattel stieg und Will dasselbe tat. Es war Zeit, hier zu verschwinden.

Sein Bauchgefühl sagte ihm, dass der Mann gelogen hatte, aber sein Kopf wiederholte *Beweise*. Sie mussten einen Weg finden, um zu beweisen, dass dieser Mann die Stadt übernahm.

»Guten Tag, meine Herren«, sagte Jim White mit einem arroganten Lächeln.

Eines, dass Will ihm aus dem Gesicht prügeln wollte. Aber erst brauchten sie noch mehr Beweise, dass er hinter dem Bankraub steckte oder Calvin Smith angeheuert hatte oder sogar die Sweet B angriff.

Sie wandten ihre Pferde um und spornten sie dann an.

»Wir müssen ein Telegramm an die Zentrale senden«, sagte Will. »Etwas stimmt nicht in dieser Stadt und es ist Zeit, um Hilfe zu bitten.«

Will dachte einen Moment über ihre Situation nach. Sie hatten nicht viel, aber sie waren sicherlich unterlegen. Vielleicht wäre das keine schlechte Idee. Zumindest konnten sie dann dem, was hier vor sich ging, auf den Grund gehen.

»In Ordnung, aber lass es uns schnell machen. Ich will nach Hause zu Lily.«

Eine Stunde später verließen sie das Telegrafenbüro und sahen sich an.

»Lass uns nach Hause zu unserer Frau gehen«, sagte Seth.

»Ich vermisse ihre Muschi schon«, kommentierte Will, als sie in den Sattel ihrer Pferde traten und aus Blessing herausritten.

»Wirst du ihr sagen, dass du darüber nachdenkst, nach Waco zurückzukehren?«, fragte Will.

»Ich habe mich noch nicht entschieden. Mein Schwanz sagt mir, dass ich verrückt bin, und doch habe ich diesen letzten Verbrecher noch nicht erwischt.«

Will fühlte sich plötzlich schuldig. Er wollte seinem Freund die Wahrheit sagen, die er die ganze gemeinsame Zeit für sich behalten hatte. Er wusste, wenn er es erzählte, würde Seth sich auf den Mann konzentrieren und nicht auf das Gesamtbild von jenem, den sie fangen mussten. Aber bald würde er es ihm sagen und dann müsste Seth eine Entscheidung treffen. Aber wie sagte man seinem besten Freund, dass dein Halbbruder zu der Bande gehörte, die deine Familie getötet hat? Und wie würde er damit klarkommen, dass Will wusste, dass sein Blutsverwandter derjenige war, der ihm so viel Schmerz zugefügt hatte?

»Lass uns nach Hause gehen«, sagte Will, weil er wusste, dass er ein Geheimnis bewahrte und es falsch war.

Eine Stunde später ritten sie durch das Tor und schauten sich um. Das Tor zur Weide, auf der das Vieh gehalten wurde, war weit geöffnet und alle Rinder waren weg. Die Haustür stand weit offen und Lilys Gewehr lag im Dreck.

Irgendetwas stimmte nicht.

Sie sprangen aus ihren Sätteln und rannten ins Haus.

»Lily«, schrie Will.

Seth stürmte die Treppe hinauf ins Obergeschoß.

»Sie ist nicht hier«, sagte er, als er wieder nach unten eilte.

»Schau in der Scheune nach«, sagte Will und eilte aus der Tür.

Als er den Stall betrat, bemerkte er, dass Garzas Pferd verschwunden war. Er rannte zurück nach draußen und schüttelte panisch den Kopf. »Jemand hat sie entführt. Garzas Pferd ist weg.«

»Calvin«, sagte Seth. »Während wir bei Jim White waren. Er hat darauf gewartet, dass wir verschwinden, damit er unsere Frau entführen kann.«

Will fluchte und sein Herz brach. »Warum sollte er Lily wollen, wenn nicht, um uns dazu zu bringen, sie zu suchen und uns dann alle zu töten. Warum glaube ich, dass Jim White erfreut war, uns heute zu sehen, wissend, dass seine schmutzige Arbeit jetzt getan werden konnte?«

Seth überprüfte seine Munition und dann schaute er sich die Hufabdrücke im Hof an. »Sein Pferd hat ein schlecht sitzendes Hufeisen, was es uns leicht macht, die Spur zu verfolgen. Auf gehts. Unsere Frau ist in Gefahr und wir werden sie retten und unseren Verdächtigen festnehmen.«

»Lass uns gehen«, sagte Will wütend. Der Mann konnte sich glücklich schätzen, wenn er das überleben würde. Und wenn er Lily in irgendeiner Weise geschadet hatte, würde er den morgigen Tag ganz bestimmt nicht mehr erleben.

NEUNZEHNTES KAPITEL

Lily

Arrogant, egoistisch und ziemlich dumm, so schätzte sie Calvin ein, es sei denn, er wollte, dass sie gefunden wurden. Weil er so viele Fehler machte, dass man ihm leicht folgen konnte. Als die Sonne am westlichen Himmel unterging, zerbrach sie sich den Kopf darüber, wie sie ihren Männern helfen könnte, wenn sie kamen, um sie zu retten.

Weil sie wusste, dass sie nicht weit hinter ihnen sein konnten. Sobald sie auf die Ranch zurückkehrten und ihr Gewehr im Dreck liegen sahen, würden sie wissen, dass sie in Schwierigkeiten steckte.

Es würde bald dunkel werden und sie fürchtete sich vor dem, was dann passieren würde. Er würde sie entweder vergewaltigen oder töten, das war ihr klar. Irgendwie musste sie lange genug durchhalten, damit ihre Cowboys sie finden konnten.

»Wir machen hier Rast«, sagte er. »Zeit für mich, meinen Schwanz in deine süße Muschi zu stecken.«

Entsetzen erfüllte sie. Mit gefesselten Händen konnte sie sich nicht wehren, außer mit ihrem Mund und ihren Beinen. Und obwohl es kein fairer Kampf wäre, würde sie alles tun, um ihn aufzuhalten.

Die Gegend war weit offen und nur mit ein paar spärlichen Bäumen, Gestrüpp und Zedernbüschen bewachsen. Hier gab es nichts, wo sich ihre Männer verstecken konnten.

»Keine Antwort?«

»Es lohnt sich nicht, meinen Atem zu verschwenden. Wir wissen beide, dass die Ranger kommen werden, um nach mir zu suchen.«

Sie hoffte, dass sie nicht mehr weit waren.

»Ich hoffe es jedenfalls. Zeit, die Welt von der Gegenwehr zu befreien, die es verhindert, dass sich die Sweet B der Big W anschließt. Wenn du leben wolltest, hättest du meinen Halbbruder Matt heiraten sollen.«

»Moment mal, Jim White ist dein Vater?«

»Ja«, sagte er.

»Aber warum der andere Name?«

»Du stellst viele Fragen. Wir werden hier anhalten und dann werde ich dich ausziehen. Stell dir vor, wie ich meinen Schwanz in deine Muschi schiebe und wie sehr du es genießen wirst.«

Sie würde lieber sterben, bevor sie sich von ihm vergewaltigen ließ.

Sein Pferd kam zum Stehen und sie starrte auf seinen Rücken. Sobald ihre Füße den Boden berührten, würde sie weglaufen. Selbst im Dunkeln mit gefesselten Händen würde sie alles in ihrer Macht Stehende tun, um diesem verrückten Mann zu entkommen.

»Mein Mann wird dich töten«, sagte sie, denn der Kerl wusste nicht, dass beide Männer ihre Ehemänner waren.

»Oh nein, Süße, mein Plan ist es, euch beide zu töten. Wenn ihr beide tot seid, wird die Sweet B verfügbar sein. Vater wird endlich stolz auf mich sein.«

Was konnte sie daraufhin sagen? Wenn die beiden tot wären,

würde die Ranch zum Verkauf stehen und so wie sie Jim White kannte, würde er sie für einen Apfel und ein Ei bekommen.

»Dann wird dein Vater, Jim White, bekommen, was er will.«

»Genau«, sagte er, als er aus seinem Sattel stieg und sie geduldig wartete. Wenn sie nur etwas hätte, mit dem sie ihn schlagen könnte. Ein Stein, ein Stock, irgendetwas.

Er ging zu ihrem Pferd und griff nach oben, um sie aus dem Sattel zu ziehen. »Wirst du es ein wenig spannend für mich machen? Wirst du versuchen wegzulaufen, und dann kann ich dich fangen und dir die Sachen vom Leib reißen?«

Nun, Mist! Sie wollte ihm in keiner Weise einen Gefallen tun.

»Warum sollte ich das tun? Ich erwarte, dass mein Mann jeden Augenblick hier ist. Ich brauche nicht wegzulaufen. Will wird dich töten.«

Der Mann neigte für einen Moment den Kopf. »Wie lautet Wills Nachname?«

»Parker. Ich bin jetzt Lily Parker.«

Der Mann legte seine Hände um ihre Taille, während er seinen Kopf neigte. »Mein Vater kannte eine Frau, deren Nachname Parker ist. Ich habe einen Halbbruder mit dem Nachnamen Parker. Es ist Jahre her, seit ich ihn gesehen habe, aber ich wundere mich gerade.«

Angst umklammerte Lilys Brust, ihr Herz blieb förmlich stehen, nur um dann in einem unregelmäßigen Rhythmus weiterzuschlagen. Nein, nein, nein. Ihr Mann konnte nicht mit Jim White oder gar Calvin Smith verwandt sein.

»Das ist auf keinen Fall möglich«, sagte Lily und versuchte sich zu beruhigen. Will hatte noch nie etwas über seine Familie erwähnt. Auf keinen Fall würde das Schicksal ihn und seinen Halbbruder zusammenbringen. Das war verrückt.

Er hob sie aus dem Sattel und stellte sie auf den Boden, dann drehte er sich zu ihr um und grinste. »Hast du nicht vor, wegzulaufen?«

»Siehst du diese Staubwolke in der Ferne? Das ist dein Schicksal.«

Sie drehte sich um und ging von ihm weg, um sich auf einen toten Baum unweit der Pferde zu setzen. Er blickte nervös in die Ferne. Ihre Männer kamen. Ob nun jetzt oder später, sie würden nicht zulassen, dass er sie tötete. Sie musste daran glauben, dass sie sie finden würden.

»Nein, es ist noch zu früh. Sie können noch nicht so nah sein.«

Ein Lächeln breitete sich auf ihrem Gesicht aus. »Sie kommen. Bist du bereit zu sterben?«

Calvin lachte nervös. »Du scheinst es vergessen zu haben. Ich werde euch beide umbringen.«

»Hast du Seth vergessen? Er und Will sind unzertrennlich.«

»Macht nichts. Ich werde euch alle drei töten. Jetzt zieh dich aus.«

»Das ist ziemlich schwer, wenn meine Hände gefesselt sind. Außerdem wirst du mich nicht vergewaltigen.«

Er zog ein Messer aus seiner Gesäßtasche und zerschnitt die Seile um ihre Handgelenke. Angst raste durch sie hindurch, was sie dazu brachte, innezuhalten und ihn anzustarren. Wie konnte sie ihn aufhalten?

Als sie zögerte, spannte er den Abzug seiner Waffe. »Mach es.«

»Oder was? Wirst du mich töten?« Sie versuchte, ihn weiter in eine Unterhaltung zu verwickeln, um ihren Männern genug Zeit zu geben, sie zu erreichen. »Ungefähr zu dem Zeitpunkt, wenn du deinen winzigen Schwanz in mir hast, werden sie hier eintreffen und wie willst du dann deine Waffe greifen? Außerdem wird mein Mann dafür sorgen, dass dein Schwanz nie wieder funktioniert.«

Seine Miene verfinsterte sich und er blickte in die Richtung, in der sie den Staub gesehen hatten. »Siehst du. Niemand ist da.

Sie werden dich erst morgen finden und dann wird es zu spät sein.«

Ein Zweig brach und er wirbelte herum und zielte mit seiner Waffe in die Dämmerung.

»Du hast vergessen, ein Feuer zu entfachen«, sagte sie. »Es gibt Wildschweine in dieser Gegend. Die bringen Menschen um. Bist du bereit zu sterben?«

»Halt die Klappe«, sagte er und hob Brennholz auf.

Der Mond war noch nicht aufgegangen und es war fast vollständig dunkel. Hastig zog er einen Feuerstein heraus. Während er versuchte, ein Feuer zu entfachen, stand sie ruhig auf und begann wegzugehen. Er hob seine Waffe und schoss warnend über ihren Kopf.

»Setz dich wieder hin. Du gehst nirgendwohin.«

Mit einem Seufzer kehrte sie zum Baumstamm zurück.

»Wusste ich doch, dass du versuchen würdest abzuhauen.«

»Und ich habe dir gesagt, dass mein Mann bald hier sein wird.«

Wie ein Tiger stürmte Will aus dem Gebüsch.

»Scheiße«, sagte Calvin, der aufsprang, herumwirbelte und seine Waffe auf Will richtete, aber er hatte nicht damit gerechnet, dass Seth sich ihm von der anderen Seite näherte.

Der Mann landete in dem Feuer, das er gerade entfacht hatte, und schrie vor Schmerzen, als die Flammen schnell seine Kleidung ergriffen.

Seth rollte ihn aus dem Feuer und schlug ihm seine Waffe aus der Hand, während Will auf ihm landete und ihm wiederholt ins Gesicht schlug.

»Du Hurensohn, ich werde dich töten«, schrie er. »Du hast meine Frau entführt.«

Lily war so glücklich, ihre Männer zu sehen, dass sie sich neben die drei Männer stellte und ihnen zujubelte.

»Schlag ihn, Will«, schrie sie. »Schnapp ihn dir, Seth!«

Erleichterung überflutete sie. Als ihre Männer heute Morgen

weggegangen waren, war sie sich nicht sicher gewesen, ob sie zurückkehren würden, aber sie waren unverletzt nach Hause gekommen und hatten sie nun sogar gerettet.

Schließlich hatten die Männer Calvin unter Kontrolle und Will holte seine Handschellen aus der Tasche und legte sie ihm an. Das Gesicht des Mannes war von Prellungen übersät und seine Nase blutete.

»Du gehst ins Gefängnis, Calvin Smith«, sagte Seth.

Er grunzte. »Da werde ich nicht lange bleiben. Der Sheriff wird von Jim White, meinem Vater, bezahlt. Ich werde in kürzester Zeit raus sein. Und außerdem ist Will mein Halbbruder. Er wird mich nicht ausliefern oder mir schaden.«

Seth streckte die Hand aus und schlug ihn.

»Warum hast du das getan?«, sagte Calvin und blickte zu ihm auf.

»Du bist nicht sein Bruder.«

»Doch«, rief der Mann.

Seth und Lily drehten sich um und starrten Will an.

»Stimmt das?«, fragte Seth.

»Ja«, sagte Will. »Er ist mein Halbbruder. Ich habe ihn nicht mehr gesehen, seit ich neun Jahre alt war.«

»Das bedeutet, dass Jim White dein Vater ist«, sagte Lily und fühlte sich, als hätte jemand sie geschlagen. Sie war letztendlich doch mit einem von Jim Whites Söhnen verheiratet.

Die Fäuste des Mannes ballten sich und sein Mund verzerrte sich gequält. »Verdammt noch mal, ja.«

ZWANZIGSTES KAPITEL

Im Schein des Feuers beobachtete Seth, wie Will Calvin fesselte.

Als er fertig war, stand er kopfschüttelnd über ihm. »Wie zum Teufel bist du an Jim White geraten?«

Eine Eule schrie in der Nacht, aber Seth fühlte sich innerlich kalt. Der Halbbruder seines besten Freundes war ein Mörder. Von Seths Familie.

Nichts war jemals zwischen sie gekommen, und er befürchtete plötzlich, dass Will niemals zustimmen würde, dass Seth ihn auslieferte. Dennoch kannte er die Geschichte seiner Familie. Will wusste, dass dies das letzte Mitglied der Bande war, die seine Familie getötet hatte, und er hatte es die ganze Zeit vor Seth geheim gehalten. Warum?

»Wir sind verwandt«, sagte Calvin. »Jim ist unser Vater.«

»Jim White mag geholfen haben, mich zu erschaffen, aber er ist nicht mein Vater. Du und ich wissen beide, was er unseren Müttern angetan hat. Wie konntest du seine Lebensweise gutheißen?«

Und Jim White war Wills Vater. Wie verdreht konnte das noch werden? Sein Bruder hatte nicht nur Seths Familie getötet, sondern sein eigener Vater versuchte außerdem, ihrer Braut die Ranch wegzunehmen.

Calvin seufzte.»Er hat Geld. Geld. Ich bin es leid, arm zu sein. Zu arbeiten und nie weiterzukommen. Der gute alte Vater hat die Mittel, mir auf die Füße zu helfen. Er schien eine sichere Lösung für meine Probleme zu sein, doch er ist ein hartnäckiger Idiot. Noch schlimmer, als Mutter ihn beschrieben hat.«

Fassungslos, dass die Familie seines besten Freundes Teil der Bande gewesen war, die seine Liebsten getötet hatte, stand Seth da und versuchte den Schock zu verarbeiten. Was sollte er jetzt tun?

»Ja, ich sehe, wie sehr er dir geholfen hat, voranzukommen. Wer hat dich dazu angestiftet, die Bank auszurauben?«

Der Mann seufzte.»Es war ein Test. Eine Chance, ihm zu beweisen, dass ich es ernst meinte, dass ich alles in meiner Macht Stehende tun würde, um ihm zu helfen.«

»Ihm helfen? Indem du das Geld des Volkes konfiszierst, damit sie ihn anbetteln müssen.«

»Das ist nicht wahr«, sagte Calvin.

Will schüttelte den Kopf.»Oder eine Chance für dich, erwischt und eingebuchtet zu werden, damit du im Gefängnis versauern kannst, wo du außer Sichtweite bist. Er will nicht die Söhne, die er zurückgelassen hat. Er hat Matt.«

In der Dunkelheit strich etwas durch die Büsche. Irgendein Insekt oder ein anderes Tier, das sich vor dem Schein des Feuers verbarg.

Calvin fing an zu lachen.»Matt ist schwach und verrückt. Du und ich, wir sind stark. Du solltest dich uns anschließen, Will. Wenn wir zwei zusammen für Vater arbeiten, wäre er in kürzester Zeit der Herr dieses Countys.«

Wut breitete sich wie ein Erdbeben in Seth aus. Nur über seine Leiche würden sich die beiden mit Jim White verbünden. Auf keinen Fall würde er akzeptieren, dass sein bester Freund sich seinem rücksichtslosen Vater anschloss. Und Calvin würde für die Verbrechen, die gegen Seths Familie begangen wurden, hängen.

Selbst in der Dunkelheit konnte Seth sehen, wie Wills Hände vor Wut zitterten. Vielleicht ließ sich sein Freund nicht auf die dunkle Seite ziehen. Vielleicht hatte ihre Freundschaft noch Hoffnung.

»Nein, das ist falsch. Ich könnte diesen Mann niemals respektieren oder lieben. Er ließ meine siebzehnjährige Mutter schwanger und allein zurück. Er tat dasselbe mit deiner Mutter. Wie kannst du ihm vergeben? Ein ehrlicher Mann lässt seine schwangere Verlobte nicht allein.«

Er sprach diese Worte mit einem solchen Hass aus, dass man meinen konnte, Calvin würde gerade von einer Klapperschlange gebissen.

Der Mann seufzte. »Vielleicht war meine Mutter schuld. Warum hat sie sich auf einen Mann wie Jim eingelassen? Ich wäre nicht geboren worden, wenn sie ihre Unterhosen anbehalten und ihre Beine zusammengehalten hätte. Was ist mit deiner Mutter?«

Seth konnte sehen, wie die Adern seines Freundes heftig pulsierten und befürchtete, dass er die Kontrolle verlieren würde, und doch brodelte seine eigene Wut unter der Oberfläche, wie eine Schlange, die sich zusammengerollt hatte und bereit war zuzubeißen.

»Meine Mutter glaubte, dass er sie heiraten würde. Er zwang sie, vor der Hochzeit Sex mit ihm zu haben. Sie hatten bereits ein Datum und eine Uhrzeit gewählt und dann erfuhr er, dass sie schwanger war. Und er lief weg, wie der Feigling, der er ist. Er mag Geld haben, aber das bedeutet nicht, dass er keine falsche Schlange ist.«

Seth hatte noch nie gehört, wie seine Mutter schwanger wurde. Wusste nur, dass Will das Produkt einer Hochzeit war, die nicht stattgefunden hatten. Ein uneheliches Kind, das ohne

Vater aufwuchs. Seine Mutter arbeitete zwei, zuweilen drei Jobs, um sie zu ernähren.

Das Geräusch eines Astes, der im Feuer knackte, war das einzige, das zu hören war. Seth drehte sich um und starrte Lily an, die mit ängstlich aufgerissenen Augen von einem zum anderen sah.

Will drehte sich um, ging in die Dunkelheit und ließ ihren Gefangenen gefesselt auf dem Boden liegen. Jetzt musste der Mann die Dämonen in seiner Seele bekämpfen.

Und Seth sprach ein stilles Gebet, dass der Mann, den er für einen Bruder hielt, sein Freund, als Sieger hervorgehen würde.

Lily folgte Will in die Dunkelheit und ließ Seth allein mit Calvin zurück. Es kostete ihn all seine Selbstbeherrschung, seine Waffe nicht zu zücken und den Bastard zu erschießen. Aber er hatte einen Eid geschworen, die Bürger von Texas zu schützen und sich an das Gesetz zu halten.

Kaltblütiger Mord war nicht akzeptabel.

Calvin wand sich auf dem Boden. »Ameisen kriechen auf mir herum. Könnte mir jemand helfen, mich aufzusetzen oder mir zumindest meine Decke geben.«

Obwohl der Mann es verdiente, von Feuerameisen aufgefressen zu werden, war Seth klar, dass er als Mann des Gesetzes über seinen eigenen persönlichen Gefühlen stehen musste. Er ging zum Pferd des Mannes und zog eine Decke heraus. Er warf sie ihm zu und Calvin schaffte es, sich aufzusetzen und die Decke unter sich zu manövrieren.

»Warst du jemals ein Mitglied der Mercardo Bande?«

Er drehte sich zu Seth um und sah ihn aus schmalen Augen an. »Warum fragst du?«

»Weil sie meine Familie getötet haben. Die Lazy I Ranch in der Nacht des 21. Juni 1871. Du warst in jener Nacht dort. Ich habe dich gesehen. Ich habe jedes Bandenmitglied gefangen genommen, außer dir«, sagte Seth, der den Mann unerbittlich anstarrte. »Du denkst vielleicht, dass du, weil dein Bruder ein

Texas Ranger ist, davonkommen wirst. Aber ich werde es nicht zulassen, dass du jemals wieder aus dem Gefängnis herauskommst, wenn ich mit dir fertig bin.«

Der Mann drehte den Kopf. »Hattest du eine jüngere Schwester?«

»Ja.«

»Ich habe es genossen, sie zu ficken.«

Seth stürzte sich auf Calvin, blinde Wut floss in seinen Adern. Doch dann beruhigte ihn das Grinsen auf Calvins Gesicht.

»Du hast sie nicht gefickt. Sie starb bei dem Hausbrand«, sagte er. »Sie verbrannte, weil jemand glaubte, mein Vater habe Goldmünzen. Er war ein einfacher Bauer. Er hatte nichts.«

Die Bestätigung, dass er dort gewesen war, entfachte Hass in Seth und er musste tief durchatmen, um den Mann nicht auf der Stelle umzubringen.

»Du wirst hängen. Du bist das letzte Mitglied der Bande. All die anderen habe ich schon erwischt. Du bist der Letzte, der stirbt.«

Es herrschte Stille, als Seth sich von dem Mann, der auf dem Boden saß, entfernte. Er musste Abstand zwischen sie bringen, sonst würde er dieses Monster womöglich töten, das die Farm seiner Familie in Brand gesetzt hatte.

Er verstand den Grund immer noch nicht. Obwohl Frank Mercardo sagte, dass irgendein Idiot dachte, sein Vater habe Goldmünzen aus dem Krieg. Aber es war alles eine Lüge. Eine Lüge, die unschuldige Menschen das Leben gekostet und ihn in Angst und Schrecken versetzt hatte.

Er war nur ein kleiner verängstigter Junge gewesen und hatte sich im Plumpsklo versteckt, während seine Familie im Vorgarten erschossen und das Haus in Brand gesteckt wurde. Nur seine Schwester hatte es ebenfalls geschafft, sich zu verstecken, doch am Ende war auch sie in den Flammen umgekommen.

Jetzt waren sie weg und er war allein bis auf Will und Lily.

Doch wie würde sich die Erkenntnis, dass Calvin Wills Bruder war, auf ihre Beziehung auswirken?

Denn er würde es nicht zulassen, dass Calvin der Gerechtigkeit entkommen konnte, ungeachtet der Tatsache, dass er Wills Bruder war.

Seth würde sicherstellen, dass der Mann hängen würde.

Was taten sie jetzt?

EINUNDZWANZIGSTES KAPITEL

Lily

Lily eilte Will durch die Dunkelheit hinterher. Sie hatte sein Gesicht gesehen, seine finstere Miene hatte deutlich gemacht, dass er seinen Bruder am liebsten ermorden würde. Und doch war sie von Furcht erfüllt. Will war Jim Whites Sohn.

Sie lief hinter ihm her und er wirbelte herum, seine Hand auf seiner Waffe. »Ich bin es.«

Er sagte nichts, sondern starrte einfach an ihr vorbei in die Dunkelheit.

»Ich hasse ihn«, sagte er, und seine Stimme brach. »Für das, was er meiner Mutter angetan hat. Dafür, dass er mich verlassen hat. Ich sehe das Böse in seinen Augen.«

Sie legte ihre Hand auf seinen Arm. »Du bist nicht er.«

»Nein, aber sein Blut pulsiert in mir. Was, wenn ich plötzlich wie er werde? Was ist, wenn ich gierig und egoistisch werde und wie mein Vater werde?«

Lily legte ihre Arme um seine Taille und zog ihn fest an sich. »Du wirst nie so sein wie er. Deine Mutter hat dich gut erzogen. Du bist ein ehrlicher, rechtschaffener Mann, der jedem helfen würde. Du bist nicht dein Vater.«

Plötzlich drehte er sich um und zog sie in seine Arme und hielt sie fest. Sie konnte fühlen, wie er zitterte.

»Wenn die Leute erfahren, dass er mein Vater ist, werden sie denken, dass ich wie er bin.«

»Dann werden sie sich irren.«

»Und du bist mit mir verheiratet. Mein verdorbenes Blut wird dich und unsere Kinder verletzen. Was, wenn er plötzlich ihr Großvater sein will? Ich will nichts mit ihm zu tun haben.«

Erleichterung überflutete sie, als er sagte, er wolle nichts mit dem Mann zu tun haben, und dass er nicht wollte, dass Jim ein Großvater für ihre Kinder sein würde. Auf keinen Fall! Nur über ihre Leiche und sie wusste, dass er das arrangieren konnte.

»Wusstest du, dass Jim White dein Vater ist?«

»Nein, ich wusste, dass Calvin mein Halbbruder ist. Als ich neun war, trafen sich unsere Mütter und unterhielten sich und wir wurden einander vorgestellt. Aber ich hatte keine Ahnung, dass Jim White uns beide gezeugt hatte. Ich habe Calvin seit jenem Tag nicht mehr gesehen.«

»Vielleicht ist er es nicht? Vielleicht ist das alles eine große Lüge. Schließlich trägst du seinen Namen nicht und Calvin auch nicht.«

Oh, wie sehr sie sich wünschte, dass es wahr sein würde, aber ihr war bewusst, dass er im Moment ihren Trost und ihre Unterstützung brauchte.

»Das liegt daran, dass wir beide illegitim waren. Er hat unsere Mütter nie geheiratet. Warum sollte er? Er wollte keine Familie, sondern eine Frau, die seine Bedürfnisse befriedigt. Bevor ich das Haus verließ, musste ich meiner Mutter versprechen, dass ich niemals einer Frau das antun würde, was er ihr angetan hatte. Deshalb habe ich darauf bestanden, dich zu heiraten, bevor wir Sex hatten. Kein Kind von mir wird jemals unehelich sein.«

Es ergab alles Sinn, doch wie hatte Calvin Jim White gefunden und wie hatte er es geschafft, den Mann so zu manipulieren, dass er bekam, was er wollte? Oder hatte Jim White ihn benutzt?

»Seltsam, dass du ein Texas Ranger und Calvin ein Gesetzloser wurdest.«

Plötzlich spannte sich Will an und begann zu fluchen.

»Was ist los?«

»Seth«, sagte er. »Er wusste nicht, dass Calvin mein Halbbruder war. Ich habe es ihm nie gesagt, weil ich nicht wollte, dass es unsere Freundschaft ruiniert. Wie konnte ich nur so dumm sein. Er hat es verdient, die Wahrheit zu erfahren.«

Lily starrte ihn in der Dunkelheit an. »Warum sollte es ihn interessieren?«

Mit einem Seufzer legte Will seinen Kopf auf ihre Schulter und zog sie fest an sich. »Weil mein Bruder zu einer Bande gehörte, die Seths Familie getötet hat. Er hat sie alle außer Calvin erwischt.«

Angst machte sich in Lily breit. Warum wusste sie diese Dinge nicht? Sicher, sie waren seit weniger als einer Woche verheiratet, aber sie hätte sich nach der Vergangenheit ihrer Männer erkundigen sollen. Stattdessen hatten sie sich aufeinander konzentriert.

Und als sie nun erfuhr, dass Wills Halbbruder Seths Familie getötet hatte, wusste sie nicht, wie sich das auf ihre Beziehung auswirken würde. Sie liebte ihre Männer und betete, dass es sie nicht zerstören würde.

In diesem Augenblick vernahm Lily das Geräusch eines knackenden Zweiges und sie wusste, dass Seth ihnen gefolgt war.

»Ist alles in Ordnung?«

»Nein, ist es nicht. Dieser Hurensohn ist mein Vater. Aber schlimmer noch, mein Bruder war mitverantwortlich für den Mord an deiner Familie. Mein bester Freund. Wenn ich die Zeit zurückdrehen könnte, würde ich mein Leben geben, um deine Familie zu retten.«

In der Dunkelheit beobachtete Lily, wie Seth sich eine Träne aus dem Augenwinkel wischte und sie erkannte den Schmerz, den er fühlte.

»Danke, Will. Versprich mir, dass du keine anderen Geheimnisse vor uns haben wirst.«

»Seth, ich war mir nicht einmal sicher, ob es derselbe Mann war. Aber du hast recht, ich hätte es dir sagen sollen. Aber das hätte bedeutet, sich der Tatsache zu stellen, dass mein Halbbruder ein böser Verbrecher ist. Jemand, der die Familie meines besten Freundes getötet hat.«

Es herrschte Stille und Lily streckte in der Dunkelheit ihre Hand aus und zog Seth zu sich. »Du bist Teil unserer Familie. Wir drei sind eine Familie. Wir sind alles, was wir haben.«

Das stimmte. Lilys Familie war weg, Seths Familie war weg und sogar Wills Mutter war vor einigen Jahren gestorben. Sie waren alles, was sie hatten. Und es war genug.

»Das stimmt. Aber ich werde deinem Halbbruder keine Sonderbehandlung geben. Er wird nach Waco gebracht, genau wie alle anderen Bandenmitglieder, und dort wird er vor Gericht stehen.«

Will streckte die Hand aus und ergriff die Hand seines Freundes. Sie standen in einem Kreis und hielten sich an den Händen. »Das ist es, was ich erwarte. Er muss für das bezahlen, was er getan hat. Glaubt mir, ich empfinde absolut nichts für ihn.«

»Was ist mit deinem Vater?«, fragte Seth.

»Ich habe keinen Vater und will nichts mit irgendeinem Mann zu tun haben, der versucht, mich als seinen Sohn zu beanspruchen. Er hat mir das Leben geschenkt, aber er ist nicht mein Vater. Ihr beide versprecht mir, dass, wenn mir jemals etwas zustößt, unsere Kinder wissen, dass ich sie liebe und dass ich ihr Vater bin. Kein Kind sollte jemals leiden, weil sein Vater es nicht will.«

Sie umarmten sich, mit Lily zwischen ihnen.

»Du hast mein Wort«, sagte Seth.

»Meins auch«, antwortete Lily.

Für einen Moment standen sie einfach da und hielten sich gegenseitig.

»Was werden wir mit Jim White machen?«, sagte Seth. »Ich kann nicht losgehen und euch verlassen, bis ich weiß, dass ihr in Sicherheit seid.«

Lily versteifte sich in seinen Armen. »Uns verlassen? Wohin gehst du?«

»Schatz, ich bin ein Texas Ranger. Mir steht bald eine Beförderung zu. Früher oder später muss ich nach Waco und zu meiner Arbeit zurückkehren.«

Es war das erste Mal, dass sie davon hörte, dass er gehen wollte, und sie mochte es kein bisschen. Überhaupt nicht. Sie hatten sich gerade gefunden und sie wollte nicht, dass er sie verließ. Und wie lange wäre er weg?

»Nein, ich will dich hier bei mir und Will.« Dann wirbelte sie herum und sah Will an. »Gehst du auch?«

»Nein, ich gebe meine Arbeit auf, um hier an deiner Seite zu bleiben. Das ist es, was ich will, Lily.« Er starrte Seth an. »Nach der letzten Woche hoffte ich, dass du deine Meinung ändern würdest. Besonders jetzt, nachdem du alle erwischt hast, die deine Familie getötet haben.«

Lily wirbelte wieder zu Seth herum. Sie schlang ihre Arme um ihn und drückte ihren Körper an seinen. »Bleib und hilf Will dabei die Ranch führen.«

Er beugte sich nach vorn und küsste sie auf den Mund. »Ich werde darüber nachdenken.

ZWEIUNDZWANZIGSTES KAPITEL

Will

Am nächsten Morgen ritten sie alle in die Stadt Blessing. Seth hatte die Zügel von Calvins Pferd in der Hand, während die Hände des Mannes an das Sattelhorn gebunden waren. Will und Lily ritten hinter den beiden her.

Es war früh, die Sonne war gerade aufgegangen, aber die Straßen waren noch leer. Was zum Teufel war da los? Die Hauptstraße schlängelte sich in Richtung des Sheriffbüros und sie wurden von einer Blockade auf der Straße aufgehalten. Hinter Schnapsfässern waren fünf Gewehre auf sie gerichtet.

Der Sheriff winkte ihnen zu. »Runter von euren Pferden.«

»Sheriff«, sagte Seth, »was ist hier los?«

»Ihr steht wegen des Mordes an Tomas Garza unter Arrest«, sagte er grinsend.

»Das ist eine Lüge«, sagte Lily, sprang von ihrem Pferd und näherte sich dem Mann.

Das Geräusch von Gewehren, die sich auf sie richteten, und Abzugshähnen, die gespannt wurden, ließ Will erschaudern. Was zum Teufel taten sie da?

»Gentleman, ihr wollt meine Frau wirklich nicht töten, weil

ich dann jeden von euch töten werde. Lily, tritt einen Schritt zurück«, sagte er ruhig.

Langsam bewegte sie sich rückwärts.

»Das stimmt nicht. Du weißt es«, sagte sie und blickte zu ihm auf. »Sie wollen dir etwas in die Schuhe schieben.«

»Lily, das ist ein Trick des Sheriffs, um einen Mord abzuschließen und gleichzeitig zwei Texas Rangers loszuwerden. Außerdem, wenn sie Will töten, dann wirst du wieder für Matt White zur Verfügung stehen, und sie werden die Sweet B bekommen.«

Ein Wirbelsturm blies Staub über die Straße wie ein kleiner Tornado.

»Wie viel zahlt Jim dir, Sheriff?«, fragte Seth. »Ich hoffe, es reicht aus, dass du einen guten Anwalt anheuern kannst. Du wirst einen brauchen.«

Jim White trat aus einem der Gebäude. »Sheriff. Gute Arbeit. Du hast sie erwischt.«

Wut erfüllte Will und er musste sich zusammenreißen, um nicht seine Waffe zu zücken und den Mann zu erschießen, aber er wusste, dass das die anderen gefährden würde.

»Wir arbeiten daran«, sagte der Sheriff.

»Was für einen Beweis hast du, dass ich Tomas Garza getötet habe?«, fragte Seth. »Ich bin derjenige, der dir gesagt hat, dass Will und ich die Leiche gefunden haben. Warum sollte ein Mörder dem Sheriff mitteilen, dass er eine Leiche gefunden hat? Das ergibt keinen Sinn und ich garantiere dir, dass die Texas Rangers kommen werden, sobald sie erfahren, was mit uns passiert ist.«

Der Sheriff sah besorgt aus und Will konnte sehen, dass er versuchte, stark auszusehen, obwohl er eigentlich lieber die Waffe weggeworfen hätte.

Jim White trat auf die Straße und starrte Calvin an, der auf seinem Pferd saß und dann Will. »Meine Söhne. Eure beiden Mütter waren so leicht zu täuschen. Sie dachten, ich würde sie heiraten, und sie lagen falsch.«

Will ignorierte den Mann. Dieses Stück Dreck war nicht sein Vater.

»Was ist mit Matts Mutter passiert?«, fragte Calvin. »Er sagte mir, dass sie plötzlich gestorben sei. Was hast du ihr angetan?«

Jim zog seine Waffe aus seinem Holster und feuerte einen Schuss auf Calvin ab, der ihn am Arm traf.

»Kümmere dich um deine eigenen Angelegenheiten. Sie starb eines natürlichen Todes«, sagte er. »Irgendetwas mit der Leber oder Lungenentzündung. Wer weiß? Die Frau hasste es, in Blessing zu leben.«

Die Augen des Sheriffs weiteten sich. »Jim, du hast gerade deinen eigenen Sohn angeschossen.«

»Seine Mutter war eine Hure«, sagte er.

Calvin beugte sich über den Sattel und versuchte nicht zu stöhnen, während Blut seinen Arm hinunter tropfte.

»Zumindest hat sie die Leute nicht um ihr Geld betrogen. Hat keine Leute eingestellt, um die Bank auszurauben oder andere Leute zu bedrohen, die ihr Geschäft nicht verkaufen wollen«, sagte Calvin und spuckte dann den Mann an.

»Halt die Klappe oder du bekommst eine weitere Kugel«, sagte er.

Will sagte kein Wort, sondern suchte weiter nach einer Gelegenheit, seine Waffe einzusetzen. Zu diesem Zeitpunkt hatte er keine Skrupel mehr, Jim White zu erschießen, solange er Lily oder Seth nicht gefährdete.

»Verhaftet sie, Sheriff. Das Gericht ist bereit, sie vor Gericht zu stellen. Wir könnten mit diesem Unsinn bis heute Nachmittag fertig sein.«

Der Sheriff schien beunruhigt zu sein und Will starrte ihn an. Der Mann wollte sich ihnen nicht nähern, weil er wusste, dass es einen Kampf geben würde. Er starrte den Mann an und legte seine Hand auf seine Waffe.

»Tu es nicht, Sheriff. Es sei denn, du bist bereit zu sterben.«

Der Mann leckte sich die Lippen und schließlich trat er um die Whiskeyfässer herum. »Steigt von euren Pferden und verhaltet euch friedlich.«

Der Mann näherte sich ihnen, blieb aber kurz vor ihren Pferden stehen. Sein Gesicht war rot und Will wusste, dass er Angst hatte.

»Nein«, sagte Lily. »Sie haben nichts falsch gemacht. Ihr Männer wisst, dass ihr Unrecht tut. Diese Männer sind Texas Rangers. Es wird Konsequenzen geben und ihr könntet alle ins Gefängnis gehen oder euch der Schlinge stellen, weil ihr unschuldige Männer getötet habt.«

»Halt die Klappe«, sagte Jim. »Oder ich erschieße dich eigenhändig.«

Der Mann schwang seine Waffe herum und richtete sie auf Lily.

»Du bist eine böse Schlange«, sagte sie zu ihm. »Ein Fäulnis in der Hölle.«

»Lily, komm zurück«, sagte Will. Gott, die Frau musste noch lernen, ihm zu gehorchen. Während sie dachte, sie würde sie beschützen, verursachte sie nur noch mehr Drama. Mehr Chancen, dass jemand außer Calvin verletzt wurde.

»Menschen von Blessing«, schrie sie und ignorierte Will. »Wollt ihr so weiterleben? Mit Jim White, der euch immer höhere Preise berechnet? Der euch eure Geschäfte wegnimmt und eure Bank ausraubt? Unschuldige tötet? Erhebt euch oder bleibt für immer unter seiner Herrschaft.«

Plötzlich öffneten sich Schaufenster und Gewehre erschienen in den Fenstern, Ladenbesitzer standen in den Türen mit Gewehren, die auf Jim White und den Sheriff gerichtet waren.

»Du Schlampe«, sagte Jim und hob seine Waffe. »Ich hätte dich schon vor langer Zeit töten sollen.«

Er hob seine Waffe und aus dem Augenwinkel sah Will eine Pistole aufblitzen und hörte einen Knall. Seth feuerte seine Waffe ab und traf Jim mitten in die Brust. Der Mann fiel zu Boden.

Will zückte seine Waffe und richtete sie auf die Männer hinter den Whiskeyfässern. Die Männer ließen plötzlich ihre Waffen fallen, einschließlich des Sheriffs.

»Es ist vorbei«, sagte der Sheriff. »Er ließ mir keine andere Wahl, als euch zu verhaften.«

»Und weil du ein schwacher Mann bist, wirst du als Sheriff zurücktreten«, sagte Seth und richtete seine Pistole auf ihn.

»Ja, Sir«, antwortete er.

»Gibt es noch jemanden, der eine Kugel will? Weil ich mich hier in Blessing gerade nicht sehr wohl fühle«, sagte Seth.

Schockiert starrte Will den Mann an, der ihn gezeugt hatte und der jetzt tot auf der Straße lag, doch das Einzige, was er fühlte, war Erleichterung. Erleichterung, dass er tot war.

Eine Gruppe von Reitern donnerte die Straße hinunter und Will seufzte erleichtert, als er eine Gruppe von Texas Rangers erkannte.

»Ihr seid ein bisschen spät dran, aber immer noch ein willkommener Anblick«, sagte er zu dem Mann, der seit vielen Jahren sein Captain war.

»Wir sind sofort losgeritten, als wir dein Telegramm erhalten hatten. Sieht so aus, als hätten wir die ganze Aufregung verpasst«, sagte Captain Clark Bell.

Die Augen des Sheriffs weiteten sich und er sah verängstigt aus.

»Jetzt könnt ihr bleiben und helfen, die Stadt aufzuräumen«, sagte Seth. »Angefangen bei Calvin Smith, der der letzte Mann ist, der von der Mercardo-Bande übrig geblieben ist. Aber ich werde ein gutes Wort für ihn einlegen. Er versuchte zu stoppen, was heute hier vor sich ging. Bekam sogar eine Kugel ab wegen seiner Worte.«

Der Captain übernahm die Zügel von Seth. »Ruht euch etwas aus. Wir haben hier alles im Griff. Männer schwärmt aus und treibt die Männer hinter den Fässern zusammen, einschließlich des Sheriffs.«

»Captain, die Ladenbesitzer sind auf unserer Seite. Lass sie in Ruhe. Sie versuchten, uns zu helfen.«

Der Mann nickte. »Alles klar. Jetzt geht und ruht euch aus und wir werden bald reden.«

Lily trat in ihre Steigbügel und stieg auf den Rücken ihres Pferdes. Will wusste, dass sie dafür bestraft werden würde, dass sie ein solches Risiko eingegangen war. Er war aber auch stolz darauf, wie sie versucht hatte, sie zu verteidigen.

Aber sie brauchte sie nicht zu verteidigen. Sie waren ihre Männer. Ihre Beschützer und sie waren diejenigen, die sich um sie kümmerten.

Sie gaben ihren Pferden die Sporen und machten sich auf den Weg nach Hause.

DREIUNDZWANZIGSTES KAPITEL

Der Heimritt war ruhig und sie konnte die Spannung in der Luft spüren. Sie sollten glücklich sein. Sie hatten Jim White für immer beseitigt. Es bestand keine Gefahr mehr und doch befürchtete sie, dass sie wütend auf sie waren, weil sie versucht hatte, ihre Ehemänner zu verteidigen.

Als sie aus der Stadt ritten, jubelten die Leute und doch konnte sie erkennen, dass etwas nicht stimmte. Alles, was sie jetzt tun wollte, war, mit ihren Männern zu feiern, aber die beiden schwiegen. Sie waren viel zu ruhig.

Auf dem Heimweg konnte sie nur noch daran denken, dass die Sweet B für immer ihre Ranch sein würde. Dass niemand sie ihnen stehlen würde und dass sie ihre Kinder in demselben Haus großziehen könnten, in dem sie selbst aufgewachsen war.

Als sie den Weg zum Haus hinauf ritten, stiegen ihr die Tränen in die Augen, als sie an ihre Lieben dachte, die ihr genommen worden waren. Kein Tod mehr. Jetzt war es an der Zeit zu feiern.

Als sie das Haus erreichten, half Will ihr von ihrem Pferd.

»Geh ins Haus, geh nach oben, zieh dich aus und warte auf uns«, sagte er.

Das klang nicht gut. Sie sollten das Ende von Jim Whites Tyrannei feiern. Sie sollten feiern, dass sie nicht mehr in Gefahr waren.

»Was ist los?«

»Geh ins Haus, Lily«, sagte Seth.

Schnell schlüpfte sie ins Haus. Warum mussten sie immer die Kontrolle haben? Ein Teil von ihr wollte rebellieren und der andere Teil wusste, dass sie besser das tun sollte, was sie sagten, oder sie würde in noch größere Schwierigkeiten geraten.

Sie zog ihre Kleider aus, stieg auf das Bett und legte ihre Stirn auf ihre Hände. In dieser Position, mit dem Hintern in der Luft, wartete sie auf sie. Ängstlich und doch jetzt, da sie sich in dieser Position befand, auch aufgeregt, dachte sie an ihre Schwänze, die in ihre Muschi eindrangen.

Im nächsten Moment hörte sie ihre Stiefel auf der Treppe und hörte ihre leisen Worte. Sie hatten etwas vor und sie war sich nicht sicher, ob sie es mögen würde.

Als sie hereinkamen, hob sie den Blick und sah, wie sie anfingen, ihre Kleidung auszuziehen. Ihre Mienen zeugten nicht von Glück oder gar Freude.

»Warum seid ihr so wütend?«, fragte sie, weil sie wusste, dass sie in Schwierigkeiten war.

»Hast du dich heute selbst in Gefahr gebracht?«, fragte Seth.

»Ich habe euch beschützt«, sagte sie. »Wir gehören zusammen.«

Es herrschte Stille und sie wusste, dass sie nicht ihrer Meinung waren.

Als sie beide nackt waren, setzte sich Will hin und zog sie auf seinen Schoß. »Wir sind deine Männer. Wir schützen dich. Du sollst dich nie wieder mitten in eine Schießerei einmischen. Verstehst du mich?«

Er war wütend. Seine dunklen Augen blickten sie finster an.

»Aber -«

»Was glaubst du, wie wir uns gefühlt hätten, wenn dir heute etwas passiert wäre?«

Wie konnten sie etwas so schlecht verstehen? Alles, was sie hatte tun wollen, war, sie zu beschützen, den Sheriff und sogar Jim White davon abhalten, ihren Männern Schaden zuzufügen.

»Er wollte dich wegen eines Mordes verhaften, von dem wir wissen, dass du ihn nicht begangen hast. Ihr seid meine Männer. Natürlich werde ich mich für euch einsetzen. So wie ihr für mich einsteht.«

Seth nahm sie und legte sie über sein Knie.

Klatsch! Seine Handfläche traf ihre Pobacke und das nicht auf eine leichte, spielerische Art und Weise.

Klatsch! »Stell dich nie wieder zwischen uns und den Sheriff. Wir hätten die Situation auch ohne deine Hilfe gemeistert. Alles, was du getan hast, war, uns alle zu gefährden, als du von deinem Pferd gestiegen bist und auf sie zugingst.«

Klatsch! Ihr Hintern brannte und Tränen stiegen ihr in die Augen.

»Verstehst du, warum wir verärgert sind?«, fragte Will.

»Nein, ich wollte euch beide nur beschützen«, sagte sie. »Was glaubt ihr, wie mein Leben ohne euch hier an meiner Seite wäre? Ich kann nicht wieder ganz allein sein. Ihr seid meine Männer, mein Leben.«

Klatsch! Erneut schlug Seth zu.

Diesmal konnte sie die Tränen nicht länger zurückhalten. Sie rollten ihre Wangen hinunter.

Seth hob sie hoch und wiegte sie auf seinem Schoß.

»Du musst uns gehorchen, zu deiner eigenen Sicherheit«, sagte er.

Sie schluchzte an seiner Schulter und er rieb ihren Rücken.

»Ihr seid meine Männer. Ich liebe euch und würde sterben, um euch zu beschützen.«

Seth lehnte sich zurück und küsste sie auf den Mund, seine Lippen bewegten sich sanft über ihre. Dann ließ er sie los und blickte ihr in die Augen. »Ich liebe dich von ganzem Herzen und du hast mir heute ordentlich Angst eingejagt. Als diese Männer ihre Waffen hochhielten, dachte ich, wir würden alle sterben, weil ich niemals einen einzigen von ihnen leben lassen würde, wenn sie dich getötet hätten.«

Sie lehnte ihren Kopf an seine Schulter und umarmte ihn.

Dann gab er sie an Will weiter. »Schatz, ich liebe dich und du hast auch mir eine Höllenangst eingejagt. Mach das nie wieder.«

Sie schluckte. »Es tut mir leid, dass ich euch Angst gemacht habe, aber ich habe wie verrückt gekämpft und wollte die Liebe, die wir haben, schützen.«

»Überlass das mit dem Schützen uns«, sagte Seth.

»Ja, oder du wirst wieder verprügelt«, versprach Will.

»Seth, du hast mich wirklich verprügelt.«

»Ja, das habe ich. Aber ich würde dir niemals schaden. Tut es weh?«

Was konnte sie sagen? Es brannte ein wenig, aber in ihr wütete ein Feuer, das er entzündet hatte.

»Ein bisschen, aber hauptsächlich hast du mich dazu gebracht, dich so sehr zu wollen, dass ich es nicht ertragen kann.«

Seth steckte seine Finger zwischen ihre Beine und fand seinen Weg zu ihrer Muschi.

»Sie ist klatschnass«, sagte er mit einem Grinsen. »Oh, Schatz, ich liebe es, dass du so erregt bist.«

Will küsste sie, sein Mund bewegte sich über ihren, was sie vor Verlangen stöhnen ließ.

Als sie sich voneinander lösten, starrte er sie an. »Auf die Knie.«

Sie kniete sich auf das Bett. Als sie einen flüchtigen Blick hinter sich warf, sah sie, dass Seth einen anderen Plug hatte und ihn einölte.

»Der letzte«, sagte er. »Ich glaube, dass wir dich heute Abend gleichzeitig nehmen.«

Der Gedanke war sowohl erschreckend als auch aufregend und sie konnte es kaum erwarten zu erleben, wie es sich anfühlen würde, wenn ihre starken, gut aussehenden Männer sie gleichzeitig beanspruchten.

Will drückte ihren Kopf auf das Bett und hob ihren Po in die Luft. Seine Finger glitten jetzt so leicht in ihren Po und jagten ein Kribbeln über ihre Haut, dass sie zum Keuchen brachte. Er streichelte ihr Inneres und sie wimmerte, als er sie mit seinen Fingern füllte, sie dehnte, während ein Schwall reiner Hitze in ihre Mitte fuhr.

Ein Stöhnen entwich ihr, als er langsam den größten Plug in ihren Po schob und dann schnappte sie nach Luft, als der Holzplug in sie glitt.

Will streichelte seinen Schwanz neben ihrem Gesicht. »Lily, saug mich.«

Sie öffnete ihren Mund und saugte liebevoll am Ende seines Schwanzes, ließ ihre Zunge um die Spitze kreisen. Seth war hinter ihr und sie warf einen Blick über ihre Schulter, sah, wie er ihre Beine spreizte.

Seine Finger streiften ihre Klitoris und fast wäre sie allein davon gekommen. Nach den Schlägen, dem Analplug und jetzt seinen Fingern, die sie immer näher an den Höhepunkt brachten, wusste sie, dass sie nicht lange durchhalten würde.

Mit Wills Schwanz im Mund stöhnte sie, als Seth sie weiter streichelte. Will griff nach unten und zwirbelte ihre Brustwarzen und sie schaute zu ihm auf, mit seinem Schwanz in ihrem Mund.

Sie waren ihre Männer. Ihre Beschützer, ihre Liebhaber und ihre Ehemänner, und sie liebte sie mit jeder Faser ihres Wesens. Sie waren ihre Gründe zu leben.

Seth drehte den Analplug und sie schrie fast auf, mit Wills Schwanz in ihrem Mund, als Hitze sie überflutete und sie ihren Hintern bewegte und ihn um mehr bat.

»Oh, Lily, ich werde kommen«, sagte Will. »Schluck alles.«

In diesem Moment fühlte sie, wie er in ihren Hals spritzte

und sie schluckte seinen Samen, als er pulsierte und leckte seinen Schwanz, als er ihn aus ihrem Mund zog.

Seth stieß in ihre Muschi und sie spannte ihre Muskeln an, wollte, brauchte ihn in sich. Wellen der Lust breiteten sich durch sie aus und sie wusste, dass sie, wenn sie käme, in Schwierigkeiten geraten würde.

Will bewegte sich unter ihr und sie wusste, dass sie sich darauf vorbereiteten, sie beide gleichzeitig mitzunehmen.

Sie fühlte, wie Seth den Plug teilweise herauszog und dann rammte er ihn wieder hinein.

»Seth«, rief sie. »Bitte, ich komme.«

»Noch nicht«, sagte er.

Will streichelte seinen Schwanz und sie konnte sehen, dass er wieder hart wurde und sie wusste, dass er ihn in ihre Muschi stecken würde.

Seth zog sich aus ihrer Muschi heraus und dann zog er den Plug aus ihrem Hintern. Sie fühlte sich leer, beraubt.

Sie blickte über ihre Schulter zurück und wollte ihn anbetteln. »Seth, ich fühle mich so leer.«

»Nicht lange, Liebling«, sagte er.

Sein Schwanz war an ihrem Hintern. Sie wollten sie wirklich nehmen, beide zur gleichen Zeit. Angst und Verlangen mischten sich in ihr und sie fühlte, wie er sich in sie drückte. Ohne nachzudenken, spannte sie sich an.

»Lass mich rein, Lily. Öffne dich für mich«, sagte Seth und streichelte ihre Klitoris.

Sie seufzte und entspannte sich gegen Wills Brust, als Seth seinen Schwanz in sie schob und sie füllte. Er war so groß, und obwohl sie sie vorbereitet hatten, fühlte sie sich, als würde sie in zwei Teile gerissen.

»Es ist zu groß, Seth«, rief sie.

»Ein bisschen mehr, Liebling, ein bisschen mehr und dann wirst du ganz uns gehören. Wir werden dich ficken und dich zu unserer machen.«

Sie atmete tief durch und versuchte sich zu entspannen. Plötzlich fühlte sie, wie Seth ganz in sie glitt und seine Hüften gegen ihr Gesäß stießen.

»Oh«, rief sie und versuchte ihr Bestes, um sich zu entspannen.

»Jetzt bin ich dran«, sagte Will, als er sich in ihre Muschi schob.

Sie waren beide in ihr und sie fühlte sich vollgestopft. Das waren ihre Männer, ihre Liebhaber, und sie liebte es, dass sie beide sie beanspruchten. Jetzt gehörte sie wirklich ihnen.

»Liebling, dein Hintern ist so eng. Es fühlt sich so gut an«, sagte Seth zu ihr, als er sich aus ihr zurückzog und dann wieder in sie stieß.

Will zog sich zurück, als Seth sich in sie schob. Sie fanden einen Rhythmus, bei dem einer in ihr war und der andere sich aus ihr herauszog. Will saugte ihre Brustwarze in seinen Mund, während seine Zähne an ihrer steifen Knospe knabberten.

Das Bett begann sich zu bewegen und Lily fühlte sich, als würde sie explodieren, als die Leidenschaft sie verzehrte. Die Flammen verbrannten sie, während ihre Körper sich bewegten.

»Seth, Will«, jammerte sie, als die Hitze begann, sie von innen heraus zu verzehren und die Wände ihrer Muschi sich verkrampften. »Fickt mich.«

Nie hätte sie sich vorstellen können, dass sie jemals so die Kontrolle verlieren würde, dass sie genau hier in ihren Armen schmelzen würde.

»Jetzt gehörst du uns«, sagte Will heißer. »Nur uns.«

»Ja«, rief sie. »Ich gehöre euch. Ich werde kommen.«

»Mach weiter, Liebling, du verdienst es«, sagte Seth, als er sie auf den Hintern schlug und sie damit zum Orgasmus brachte schickte.

Mit einem Schrei fühlte sie, wie sich ihr Inneres zusammenzog und ihre Muskeln sich um ihre Schwänze verkrampften. »Oh, Seth, Will.«

»Ja«, sagte Seth. »Greife meinen Schwanz mit deinen Muskeln.«

Will drückte sich tief in sie und spritzte in sie hinein, wobei sein Samen die Wände ihrer Muschi bedeckte.

»Lily«, stöhnte er.

Seth schlug ihr noch einmal auf den Hintern und dieses Mal fühlte sie, wie er in sie stieß, sein Samen sie bedeckte und sie stöhnte, als er sich über sie beugte.

»Du gehörst uns«, sagte er, als er kam.

Der Geruch von Sex erfüllte den Raum, als sie alle drei auf dem Bett zusammenbrachen. Lily lag zwischen ihren Cowboys. Wie konnte sie so viel Glück haben? Sie waren in ihr Leben geritten und hatten sie gerettet und doch fühlte sie sich in gewisser Weise, als hätte sie sie gerettet.

»Das war fantastisch«, sagte sie.

»Ja«, stimmte Will zu.

»Ruhe dich aus und wir werden es wieder tun«, sagte Seth.

Zwischen ihnen liegend, konnte sie nur daran denken, dass sie sich heute ihre Liebe gestanden hatten. »Ihr seid meine Cowboys«, sagte sie. »Und ich liebe euch.«

Sicher, sie würden jetzt anderen Gefahren ausgesetzt sein, aber sie hatten einander.

VIERUNDZWANZIGSTES KAPITEL

Zehn Monate später

Die beiden Männer betraten das Haus und ihre Stiefel erzeugten ein klirrendes Geräusch auf dem Holzboden.

»Verdammte Zeit, dass du zurückgekommen bist«, sagte Will. »Sie hat jeden Tag aus dem Fenster geschaut und nach dir Ausschau gehalten.«

Seth sah seinen Freund, seinen Bruder, den Mann, mit dem er eine Frau teilte, stirnrunzelnd an. »Ich habe mich beeilt. Du weißt, wie lange es dauert, einen Bankräuber zu erwischen. Es war mein letzter Fall. Ich bin jetzt für immer zu Hause.«

Will schaute die Treppe hinauf. »Gott sei Dank dafür. Sich um Lily zu kümmern, zu sehen, wie sie jeden Tag dicker wird, sich zu fragen, ob du für die Geburt hier sein wirst oder nicht, das hat sie verrückt gemacht.«

Und Will viele Nerven gekostet. Mit einer schwangeren Frau war nicht leicht Kirschenessen.

Ein Schrei hallte durch die Luft und beide Männer erstarrten.

»Ich kann das nicht noch einmal tun«, sagte Will. »Nicht allein. Du musst hier sein.«

Seth grinste. »War sie so schlimm?«

Oh, er kannte nicht einmal die Hälfte davon. Das Verlangen nach seltsamem Essen und dann die Tränen, das Lachen, das Gefühl, dass sich sein Sohn oder seine Tochter in ihrem Bauch bewegte. So viele Emotionen und doch, wem machte er hier etwas vor? Er konnte es kaum erwarten, sie wieder zu schwängern.

»Du weißt, wie stur sie sein kann. Vorletzte Nacht wollte sie noch Sex haben.«

»Und du hast sie abgelehnt?«

»Nun, mit unserem Sohn oder unserer Tochter in ihrem Bauch fand ich es keine so gute Idee. Also verschaffte ich ihr etwas Erleichterung mit meinen Fingern«, sagte er. Die bloße Idee, seine hochschwangere Frau zu ficken, war seltsam. Nicht, dass sie nicht schön gewesen wäre. Tatsächlich hatte die Schwangerschaft sie in vielerlei Hinsicht zum Strahlen gebracht.

Ein weiterer Schrei erfüllte die Luft und beide sahen sich an und eilten dann die Treppe nach oben, wobei sie immer zwei Stufen auf einmal nahmen. Sie mussten sicherstellen, dass es ihr gut ging.

»Es ist mir egal, was diese Hebamme sagt. Das ist nicht richtig. Irgendetwas stimmt nicht«, sagte Seth.

»Was, wenn sie stirbt? Wir dürfen sie nicht verlieren«, sagte Will und Angst krallte sich an seine Brust und seine Atmung beschleunigte sich. Frauen starben in den Wehen und er konnte nicht ohne Lily leben.

Sie öffneten die Tür und ihr Blick fiel auf die Hebamme, die zwischen den Beinen ihrer Frau stand.

»Meine Herren, es ist ein Junge«, sagte sie mit einem Lächeln.

Will warf einen Blick auf das sich windende Baby und dann eilte er zu Lily.

»Geht es dir gut?«

Sie grinste. »Müde, aber wir haben einen Sohn.«

Die Hebamme reichte Seth das Messer. »Möchten Sie die Nabelschnur durchtrennen?«

»Ja«, sagte er und zerschnitt die Schnur.

Während die Hebamme die Nachgeburt entsorgte, nahm Seth seinen Sohn in die Arme. »Hey, kleiner Mann. Willkommen in unserer Welt. Wir lieben dich alle so sehr.«

»Lass mich ihn halten«, sagte Lily.

Seth nahm ihr Kind und kniete neben seiner Frau nieder. »Unsere Familie.«

Tränen liefen über ihre Wangen. »Wenn es euch nichts ausmacht, würde ich ihn gerne nach meinem Vater benennen. Der Nächste kann nach euch benannt werden.«

Seth und Will nickten und dann starrten sie ihren Sohn an. Beide Männer küssten sie auf die Lippen. »Vielen Dank.«

»Ja, danke, dass du unsere Familie komplett gemacht hast.«

Lily lächelte. »Ich liebe euch, meine Cowboys.«

»Und wir lieben dich«, sagten beide wie aus einem Mund.

Hat Ihnen das Buch gefallen? Rezensionen helfen Autoren. Ich würde mich freuen, wenn Sie eine Rezension hinterlassen. Klicken Sie hier, um eine Bewertung abzugeben.

Folgen Sie Lacey Davis auf Facebook.

Melden Sie sich für meinen New Book Alert an und erhalten Sie ein **kostenloses Buch.**

Alex

„Auf dem Markt vorhin, da hat die kleine brünette Verkäuferin mit dir geflirtet", sagte er und grinste Jesse an. Der Mann wippte mit den Bewegungen der kastanienbraunen Stute hin und her.

Nachdem sie sich in Butte, Montana, mit Vorräten eingedeckt hatten, befanden sich die beiden Männer nun auf dem Rückweg nach Bridgewater. Die grünen Hügel und ansteigenden Berge gaben Alex das Gefühl, nach Hause zu kommen. Hierherzugehören. An den Ort, wo er eine Familie gründen wollte.

Mit Jesse an seiner Seite würde eine Frau ihre Vorstellungen von einem Heim und einer Familie vervollständigen.

„Spielt keine Rolle, sie ist nicht die richtige Frau für uns. Außerdem, bist du sicher, dass wir dieses Jahr eine Frau mit nach Hause bringen sollten? Im nächsten Frühjahr werden wir sehen, ob die hinzugekauften Kälber die Herde stärker gemacht haben. Es wäre vielleicht klüger, noch etwas zu warten."

Mit dem Vieh, das sie aus Texas hergebracht hatten, würde ihre Ranch hoffentlich ein Erfolg werden. Nachdem sie drei Monate fort waren, freuten sie sich darauf, Zeit in ihrem eigenen kleinen Stück Himmel zu verbringen.

Eine Frau würde alles perfekt machen.

Alex war bereit, sich niederzulassen und eine Frau zu finden, die ihm nachts das Bett und am Morgen das Herz wärmte. Ja, er wollte eine Ehefrau. Eine schöne Frau, innerlich und äußerlich, mit der er und sein Freund Jesse ein gemeinsames Leben aufbauen konnten.

Das Haus war fertig. Das neue Vieh sollte die Herde stark machen. Und er wollte nicht irgendeine Frau. Sie wollten eine besondere Frau, die sie wertschätzten.

Jesse dachte immer logisch und neigte nicht zu schnellen Entscheidungen, daher waren sie ein gutes Gespann. Aber Alex wollte endlich eine Frau. Seit dem Streit in Bozeman, von dem die Narbe auf der Wange zurückgeblieben war, hatten sie keine Frau mehr gehabt und er spürte innerlich den Druck. Nur wollte er dieses Mal kein leichtes Mädchen, sondern eine Frau, die sie mit ihrem Leben beschützen würden.

„Jeder in Bridgewater hat jemanden, nur wir nicht. Der Winter wird bald kommen und die Vorstellung, mich an unsere eigene Frau zu kuscheln, die weckt in mir eben den Wunsch, jemanden zu finden und zu heiraten."

Seit Jahren sprachen sie schon davon, eine passende Frau zu finden, die zu ihrem Lebensstil passte. All ihre Freunde in Bridgewater mit ihren Frauen zu sehen, gab Alex das Gefühl, seinem Herzen fehle etwas. Die sehnenden Blicke, die beiläufigen Berührungen, das Stöhnen, das man in der Nacht hören konnte. Das war es, was er wollte. Eine Frau, die gewillt war, sich ihnen hinzugeben und sie beide zu lieben.

„Und wenn wir an die falsche Frau geraten, um dein Bedürfnis zu befriedigen, dann macht es das nur schlimmer für uns. Nein, wir müssen warten, bis wir die perfekte Braut für uns finden. Eine, die die Lebensart von Bridgewater akzeptiert und genießt. Die unsere Art zu leben versteht und uns liebt."

„Stimmt."

Wer immer diese unbekannte Frau sein würde, sie musste mit ihnen beiden einverstanden sein. Einige Frauen taten sich schwer damit, von zwei Männern geliebt zu werden. Wen auch immer sie heirateten, sie würden sie wie eine Königin behandeln, aber sie erwarteten im Gegenzug ihr Vertrauen.

„Du bist nur scharf darauf, deinen Schwanz wegzustecken. Es ist einfach zu lange her, das ist alles. Wir sollten nach Butte zurückkehren und in ein Hurenhaus gehen."

Die Mädchen von Miss Rose wussten, wie man fickte. Die liebreizenden Damen erfüllten jegliche Bedürfnisse und er wollte etwas anderes. Eine willige Frau, die sich ihrer beider Wünsche hingab, wenn er sie aufforderte, sich vorzubeugen, die sie aber beide liebte und die sie ehren und beschützen würden.

Er war an einem Punkt im Leben angelangt, wo er mehr wollte, als nur eine schnelle Nummer. Er wollte die Erfahrung einer richtigen Familie erleben. Wollte ihrer Braut seine Treue geloben, nur ihr allein.

Anders als in der Familie, in der er aufgewachsen war. Etwas Neues, etwas Anderes.

Er seufzte, als er an seinen undankbaren Bastard von Vater dachte.

„Du hast viel darüber nachgedacht."

„Ich habe mir den Katalog mit den Versandbräuten angeschaut. Es ist an der Zeit, sesshaft zu werden. Wir brauchen nur noch die richtige Frau dafür."

Jesse blickte zum Horizont und seine Augen wurden schmal. „Das stimmt. Aber wenn die Zeit passend ist, wird sie schon kommen. Eine Frau würde unser Leben komplettieren."

Alex wusste, dass er Jesse nicht unter Druck setzen durfte, daher ritt er eine Weile schweigend weiter und genoss den Anblick der zerklüfteten, üppigen Berglandschaft von Montana. Wenn sie zu Hause angekommen und sich etwas ausgeruht hatten, würde er das Thema vielleicht wieder zur Sprache bringen.

In der Ferne hörte man zwei Stimmen miteinander streiten.

„Hast du das gehört?" Alex glaubte, zwei Personen streiten zu hören. Schon vor langer Zeit hatte er gelernt, dass Jesse von ihnen beiden das deutlich bessere Gehör besaß.

„Was denn?" Jesse drehte den Kopf.

Auf einmal war ein Schrei zu hören. Ein weiblicher Schrei. Sie sahen einander besorgt an.

„Da steckt jemand in Schwierigkeiten", sagte er. Was zur Hölle hatte eine Frau hier draußen zu suchen? Beinahe gleichzeitig trieben sie ihre Pferde an, verließen den Weg und galoppierten in die Richtung, aus der der Schrei gekommen war.

Als sie eine kleine Anhöhe erreicht hatten, entdeckte Alex unter ihnen eine Frau, die mit einem Mann rang. Er hatte eine Hand an ihrem Unterkleid und versuchte offenbar, es herunterzuziehen. Für ihn sah das so aus, als versuchte der Mann, sich der Frau gewaltsam aufzudrängen.

Ganz offensichtlich waren seine Annäherungsversuche aber nicht willkommen, denn die Frau trat und schlug nach ihm, um ihn loszuwerden. Aber der Mann würde die Oberhand gewinnen, wenn sie beide nicht eingriffen. Der Kerl sollte es mal mit einem Mann aufnehmen.

Sie eilten hinunter zu den Kämpfenden. Als er bei dem Mistkerl ankam, beugte sich Jesse seitlich aus dem Sattel herab, sprang vom Pferd und landete auf dem Rücken des Mannes, der gerade eine Faust zum Schlag erhoben hatte. Das Arschloch wollte doch tatsächlich die schöne Blondine schlagen.

Alex ballte die Hände zu Fäusten und verspürte den Drang, diesem Mann eine reinzuhauen.

Jesse wirbelte ihn herum und schlug dem Mistkerl ins Gesicht, was ihn einige Schritte zurücktaumeln ließ. Er war etwas kleiner und leichter, aber dies war eher ein fairer Kampf und er würde lernen, wie man gegen einen gleichwertigen Gegner kämpfte. Er würde gegen Jesse verlieren.

Dann bin ich an der Reihe, ihm eine reinzuhauen.

„Du wirst niemals wieder eine Frau schlagen", sagte Jesse

wütend und rammte dem Mann erneut seine Faust ins Gesicht. Das Geräusch, als seine Nase brach, ließ Alex grinsen. Die Erinnerung an Sarah kehrte zurück und er musste gegen die aufsteigende Wut ankämpfen. Stattdessen richtete er seine Aufmerksamkeit auf die Frau.

„Geht es Ihnen gut?", fragte Alex sie und stieg von seiner Stute. Alle Achtung, es schien, als hätte Jesse vielleicht doch recht gehabt. Die einzig wahre Frau würde einfach irgendwann auftauchen und ihre Hilfe brauchen. Alex wurde auf einmal von einer inneren Ruhe erfüllt, als er auf die Frau zuging.

Die umwerfende Blondine stand etwas abseits und beobachtete zitternd den Kampf der beiden Männer. Das blaue Musselinkleid betonte ihre saphirblauen Augen und schmiegte sich perfekt an ihre üppige Figur und die schmale Taille. Lange helle Locken fielen ihr auf den Rücken und die Vorstellung, wie sich ihr Haar wie ein Vorhang um seinen Schwanz legte, während sie ihm einen blies, ließ ihm das Herz in der Brust schneller schlagen.

Ihre vollen Brüste hatten genau die richtige Größe, um sie in die Hand zu nehmen und ihr Becken war perfekt, um auf seinem Schwanz zu reiten. Als ihre blauen Augen sich auf Alex richteten, malte er sich aus, wie sie sich mit Lust füllen würden, wenn er sie sich nahm.

So wie man sich einem verängstigten Fohlen näherte, ging Alex langsam auf sie zu. Wer konnte schon ahnen, was der Dreckskerl ihr angetan hatte, bevor sie beide hinzugestoßen waren? Die Frau hielt ihr Kleid vorn zusammen und weinte.

Sie schüttelte den Kopf und schluchzte. Das Bedürfnis, sie in seine Arme zu nehmen und sie zu beschützen, war beinahe überwältigend, aber er befürchtete, sie würde dann die Flucht ergreifen.

„Er versucht, meinen Ruf zu ruinieren, damit ich ihn heirate", sagte sie und schluchzte. „Ich werde ihn niemals heiraten."

Ihr ganzer Körper bebte. Tränen liefen ihr über das Gesicht.

Unfähig zu widerstehen, streckte Alex die Hand aus und wischte ihr die Tränen von den Wangen. Ihre Haut war so zart wie Seide. Der liebliche Duft von Flieder umwehte ihn und er unterdrückte den Wunsch, sie noch mehr zu trösten, damit sie ihm nicht davonlief. Er und Jesse waren große Männer, sie wirkte umso kleiner, wie sie hier vor ihm stand.

Sie sollte sich bei ihnen sicher fühlen, nichts weiter. Er musste ihr verständlich machen, dass sie sie beschützen würden.

„Schsch, du bist in Sicherheit", sagte er. „Kennst du diesen Mann?"

Sie schluckte mehrmals, um sich zu beruhigen. Dann nickte sie und ihre Locken wippten. „Ja, er ist mein Stiefbruder."

Stiefbruder? Wer zur Hölle versuchte denn, seine Verwandte zu vergewaltigen? Dieses Arschloch war wirklich Abschaum. Er verdiente jeden einzelnen von Jesses Hieben und noch viel mehr.

Der Mann griff nach seiner Waffe, aber Jesse riss ihm den 45er Colt aus der Hand und stieß den Kerl zu Boden, dann beugte er sich schwer atmend über ihn, während ihm Blut aus der Nase lief.

„Sie ist meine Verlobte", sagte er und blickte zu Jesse auf. Alex konnte erkennen, dass es Jesse schwerfiel, seine Gefühle im Zaum zu halten. Der Dreckskerl hatte finstere Hintergedanken, das war ihm anzusehen. Alex nahm an, er verübelte ihnen ihre Einmischung.

Aber Jesse würde es niemals einfach hinnehmen, dass ein Mann einer Frau wehtat. Alex ebenso wenig. Aber im Augenblick konnte Alex an nichts anderes denken als an die Frau hier vor ihm. Er sah, wie sie energisch den Kopf schüttelte. Dabei stellte er sich vor, wie sie vor Lust seinen Namen rufen würde.

„Stimmt das?", fragte Alex betont leise, als wäre sie eine nervöse Stute. Er musste sicherstellen, dass die Behauptungen des Mannes nicht auf Tatsachen beruhten.

Die Frau zitterte und schüttelte noch energischer den Kopf. „Nein. Das möchte er gerne, aber das wird niemals passieren."

Sie straffte die Schultern, obwohl sie beinahe schon besiegt war und starrte finster auf den Mann hinunter. Sie war offenbar ziemlich angriffslustig, solange sie konnte. Es würde Spaß machen, ihre Lüste zu wecken. Sie würde Lust und sexuelles Verlangen erleben.

„Halt den Mund, Mattie", schrie der Mann sie an und verzog abfällig das Gesicht. „Dafür wirst du bezahlen."

„Was genau kapierst du denn daran nicht? Wir werden niemals heiraten."

Konnte das Schicksal ihnen tatsächlich eine Frau serviert haben, die gerettet werden musste? Ein Verlangen erwachte in Alex' Brust und ihm wurde warm ums Herz bei der Vorstellung, sie mit nach Hause zu nehmen. Sie zu ehren und zu besitzen. Sie Stück für Stück langsam auszuziehen.

Wäre sie einverstanden damit, von zwei starken Männern dominiert zu werden?

Sie wäre daheim ihre Königin, sie würden sie zum Zentrum ihres Universums machen, beide an ihrer Seite.

Ein Leben als ihre Ehefrau würde ihr ewige Liebe bescheren. Sie würden ihr zeigen, wie ein Mann eine Frau mit Respekt behandelte, mit Würde und mit Liebe. Aber wäre Jesse auch der Meinung, dass sie hier die Frau ihres Lebens vor sich hatten?

„Was machst du hier draußen in der Wildnis mit ihm?"

Alex wurde jetzt erst bewusst, dass die beiden sich meilenweit von der Stadt entfernt aufhielten. Warum sollte sie ihn hierher begleiten, wenn sie ihn so verabscheute?

Er brauchte mehr Informationen, um keine übereilten Entscheidungen zu treffen, daher wartete er auf ihre Antworten. Alex sah die wunderschöne Frau an und wusste, dass sein Herz und sein Schwanz sich längst entschieden hatten. Mattie war die Eine.

„Meine Mutter ist krank und ich war in der Stadt, um ihre Medizin zu holen. Auf dem Rückweg hat Frank mich abgefangen." Sie schluchzte leise auf. „Solange ich nicht mit ihm allein bin, passiert mir nichts. Ich muss nach Hause, sonst macht meine Mutter sich Sorgen. Danke, dass ihr mich gerettet habt."

Alex sah, dass Jesse kurz vor einem Wutausbruch stand. Er musste ihn von hier wegbringen, bevor dieser Frank einen Bestatter benötigte. Es war eine Sache, einen beinahe-Vergewaltiger zu verprügeln, doch ihn zu erschlagen war eine ganz andere. Die Vorstellung war allerdings nicht ohne Reiz und die Geier würden die Leiche schon auffressen, um keine Beweise zu hinterlassen.

„Wie weit ist es noch bis zu dir nach Hause?", fragte er, denn er wollte sie noch nicht zurücklassen.

Sie wies mit dem Arm in eine Richtung. „Nicht mehr weit, dort den Hügel hinab."

„Wie wäre es, wenn wir dich nach Hause begleiten und ihn hier gefesselt zurücklassen?"

Es war keine dauerhafte Lösung, aber für den Augenblick würde es reichen. Die beiden brauchten eine Frau und sie brauchte einen Ausweg. Er sah sie an, sein Herz schlug wild, Blut schoss ihm ins Gemächt bei der Vorstellung, wie gern er Mattie retten wollte.

„Jesse", rief er. Sein Freund starrte noch immer den Mann am Boden an und Alex wurde bewusst, dass Jesse bei der geringsten Kleinigkeit wieder anfangen würde, auf ihn einzuschlagen. Sie beide hatten Schwestern und sie würden niemals zulassen, dass jemand eine Frau auf diese Weise behandelte.

„Jesse", wiederholte er etwas lauter. „Fessle ihn. Lass uns diese junge Dame nach Hause bringen."

„Danke", sagte sie und streckte die Hand aus, um Alex am Arm zu berühren. Hitze kroch ihm den Rücken hinauf. Oh, wie gern würde er ihre Hand auf seinem Schwanz spüren.

Jetzt musste er nur noch Jesse davon überzeugen, dass diese feurige Kämpfernatur die Frau war, die sie beide befriedigen könnte.

Alex zog sie instinktiv in seine Arme und hielt sie fest. Das

Gefühl ihrer Brüste an seiner Brust ließ ihn glauben, sie gehörte dorthin. Sie passte einfach perfekt in seine Arme.

„Lass mich dir auf Jesses Pferd hinaufhelfen. Du wirst bei ihm mitreiten und wir sorgen dafür, dass du sicher nach Hause kommst", versprach er ihr. Sicher, bis sie sie davon überzeugt hatten, dass sie in ihren Armen nicht nur Schutz, sondern ewiges Glück finden würde.

Mit einem verschlagenen Grinsen stellte Alex fest, dass sein Freund nicht in der Lage sein würde, dem Gefühl ihres Körpers in seinen Armen widerstehen zu können. Ihr Duft, ihre langen blonden Locken und die flehenden saphirblauen Augen. Manchmal wusste man es eben einfach, wenn man die perfekte Frau getroffen hatte. Und Alex war davon überzeugt, dass Mattie für sie beide genau diese Frau war.

Die Frage war nur, würde sie die beiden akzeptieren? Als ihre Männer würden sie dafür sorgen, dass dieser Stiefbruder sie nie wieder anrührte.

War es möglich, dass sie gerade ihre Frau gefunden hatten?

Zum Weiterlesen hier klicken!

ANDERE BÜCHER VON LACEY DAVIS

Ihre perfekte Braut

Ihre verlockende Braut

Ihre Skandalöse Braut

Ich liebe meine Cowboys

Weitere Bücher folgen in Kürze!

ÜBER DEN AUTOR

Lacey Davis ist ein Pseudonym für eine USA Today Bestsellerautorin, die sich im Schreiben von sexy Romanzen versuchen wollte. Mit diesen Romanen hoffe ich, knisternde Romanzen zu schreiben, bei denen Sie sich einen Ventilator schnappen müssen, um sich abzukühlen.

Wenn Sie große Bad Boy Helden mögen, die gerne das Sagen haben, und starke, hübsche Frauen, die bereit sind, alles zu riskieren, dann suchen Sie nicht weiter. Diese sexy Stories werden Sie in Stimmung bringen. Erleben Sie starke Frauen, die diese bösen Jungs zähmen und sie dazu bringen, mehr zu wollen.

Ende

www.ingramcontent.com/pod-product-compliance
Lightning Source LLC
Chambersburg PA
CBHW070548180626
46817CB00005B/1744

* 9 7 8 1 9 5 0 8 5 8 7 2 9 *